Ludwig Laher
Überführungsstücke

Unkorrigiertes Leseexemplar

Liebe Buchhändlerinnen und Buchhändler, wir würden uns sehr über Ihre Leseeindrücke freuen. Bitte senden Sie uns eine E-Mail an info@wallstein-verlag.de

Erscheint im August 2016
ca. 19,90 € (D); 20,50 € (A)

ISBN 978-3-8353-1876-2

Liebe Kolleginnen und Kollegen in den Medien,
bitte beachten Sie die Sperrfrist für Rezensionen:
5.8.2016
Falls Sie vor dieser Frist über das Buch berichten möchten, bitten wir Sie, mit uns Kontakt aufzunehmen.

Ludwig Laher

Überführungsstücke

Roman

WALLSTEIN VERLAG

Für Ernst J.

alles kann dies und jenes heißen.
alles mag auch etwas anderes heißen.
der apfel zwischen den zähnen ist geschmack.
der stein auf meinem schädel ist die ursache einer beule.
die dame vor deinen augen ist einstweilen noch ein anblick.

Konrad Bayer

I

Von Zeit zu Zeit, gesteht Brunngraber, da juckt es mich, und mich überkommt unbändige Lust, so ein bereinigtes Hanfsamentütchen wie dieses hier beim Stoßlüften einfach in den Hof zu entleeren. Direkt unter meinem Bürofenster findet sich nämlich an der Rückseite des Justizzentrums seit der Erweiterung ein dekoratives, aufwendig gestaltetes Biotop, Sumpf, Teich, künstliches Bächlein im Schotterbettchen, eine gefällig kupierte Wiesenfläche mit allerlei Pflanzungen. So etwas wie Kunst am Bau, nur eben Natur, genutzt in erster Linie von Hundebesitzern aus der ganzen Gegend. Ich stelle mir dann immer vor, dass Monate vergehen könnten, bis dort jemandem auffällt, da stimmt doch etwas nicht.

Ehrlich gesagt, ich habe nicht die geringste Ahnung, ob das Zeug da unten im Schatten auch wirklich keimen würde, aber so ein gepflegtes kleines Hanfdickicht mitten in der Höhle des Löwen, das wäre doch was. Sehen Sie, solche und ähnliche Hirngespinste begleiten mich durch den Alltagstrott. Darf ich natürlich nicht laut sagen, versteht sich.

Brunngraber ergänzt in der Maske des staatsanwaltschaftlichen Verwaltungsprogramms den Datenbestand zu dem unter Betäubungsmittel, kurz BTM, rubrizierten

Überführungsstück auf seinem Schreibtisch um das Wort *vernichtet* und generiert so automatisch ein Vernichtungsprotokoll, das bis zur tatsächlichen Vernichtung in einem gesonderten Aktenordner geführt wird, den er, ohne einen Blick darauf zu verschwenden, mit sicherem Griff aus dem Regal schräg hinter sich zieht. Das Blatt wird noch gelocht und dann vorläufig abgelegt.

Bedächtig gießt er sich Kaffee nach und beißt ein großes Stück von seiner Vollkornsemmel ab. Brunngraber frühstückt immer erst im Büro, und das lediglich so nebenbei, wie er mit vollem Mund betont, bevor er die Arbeit und den Erzählfaden wieder aufnimmt.

Einer von den Chemikern des Landeskriminalamts, die für die Beweiswürdigung tagein, tagaus beschlagnahmte Substanzen untersuchen, Wirkstoffgutachten nennen wir das, der ist zum Spaß und aus Neugier auf die Idee gekommen, ein Haar seiner sechsjährigen Tochter zu testen. Volltreffer. Er selbst wäre sogar ein Paradesuchtgiftler, hat er gescherzt, und in eine genaue Verkehrskontrolle sollte er nach Dienstschluss besser nicht geraten, man riecht es ihm förmlich an. Bei mir wird es nicht viel anders sein, fürchte ich. Ein halbes Stündchen in der Asservatenkammer, und ich bin ziemlich benebelt.

In dem fensterlosen Bunker da unten habe ich ja praktisch keine Lüftung, das ist olfaktorisch nicht bloß anstrengend, sondern eine echte Zumutung, sage ich Ihnen. Ein einziger ebenso einsamer wie betagter Ventilator, direkt in die Wand integriert, setzt sich gemächlich in Bewegung, wenn die Tür aufgeht. Wie dieses bemitleidenswerte Gerät allein auf weiter Flur ausreichend Frischluft ansaugen soll, war mir schon immer ein Rätsel. Buchstäblich jedesmal, wenn ich durch die Sicherheitsschleuse durch bin, ekelt es mich ein wenig vor dem Schwall, der mich begrüßt, und ich möchte am liebsten auf der Stelle wieder umkehren. Gleichzeitig aber stellt sich eine Art Vertrautheit ein, für die mir die rechten Worte fehlen, die auch etwas Anziehendes hat, so blöd das klingen mag.

Inzwischen hat Brunngraber den ordnungsgemäß beschrifteten Umschlag mit dem Hanfsamenplastikbeutel längst sorgfältig mit einem speziellen Klebeband versiegelt. Ein letztes Mal wird das nicht weiter zu verwahrende Verwahrstück den Weg ins Untergeschoß antreten, denn sein Beweiszweck hat sich mit Rechtskraft erledigt.

Ganz am Anfang, das ist jetzt schon über fünfundzwanzig Jahre her, bin ich manchmal entgeistert im neonerleuchteten Archiv vor den BTM-Regalen gestanden und habe mir so richtig bewusst gemacht: Diese Haschplättchen, der Kokainpulverschnee, das Cannabiskraut, die bunten Ecstasy-Tabletten, der ganze zum Teil erbärmlich stinkende Kram da in den zahllosen Päckchen, das würde an einschlägigen Orten um sehr viel Geld gehandelt werden, um schwindelerregende Summen vermutlich, wenn man alles zusammennimmt.

Und hier hinter den massiven Stahltüren in diesem nüchternen Raum unter diesen Umständen haben dieselben Dinge ihren Wert komplett eingebüßt, sieht man einmal davon ab, dass sie für weitere Ermittlungen und mögliche Gerichtsverfahren bereitgehalten werden müssen. Insofern haben sie eine Zeitlang schon noch eine gewisse Bedeutung, jenseits vom Handelswert natürlich.

Sind die Fälle irgendwann aber rechtskräftig abgeschlossen, Brunngraber wirft bei diesen Worten wie zur Illustration das eben bearbeitete Kuvert mit den Hanfsamen zielsicher in die dafür vorgesehene Kiste unter dem Waschbecken, dann schlichte und staple ich die bereinigten Bestände unten auf einem meiner Transportwagen, wo sie geduldig ausharren, bis ich wieder genug Gift zusammen habe für eine kleine Dienstreise unter Polizeischutz, wir nennen es Sammeltransport, und zwar in die nächstbeste Müllverbrennungsanlage zur sogenannten finalen thermischen Vernichtung.

Diese Ausflüge stehen so alle paar Monate ins Haus, in der Regel zweimal im Kalenderjahr. Wir müssen sie laut Vorschrift übrigens ausnahmslos zu zweit unternehmen, weniger aus Sicherheitsgründen, dafür haben wir ja ohnehin die Polizeibegleitung, sondern wegen der Versuchung. Es gilt der alte Lenin-Spruch von wegen Vertrauen und Kontrolle, denn selbst Beamte sind letztlich nur Menschen, besonders ganz am Ende der Kette, wenn das BTM-Zeug, amtswegig betrachtet, praktisch eh schon gar nicht mehr vorhanden ist.

Ein leitender Drogenfahnder von der Kripo hier in Bayern ist vor einiger Zeit mit sage und schreibe fast zwei Kilo Kokain im Wert von einer guten Viertelmillion erwischt worden. Für Schulungszwecke sei es ihm überlassen worden, war, glaube ich, anfangs seine wenig originelle Ausrede. Später hat der Mann sich vor Gericht dann doch zu einem umfassenden Geständnis bequemt. Er hat, wenn ich mich richtig erinnere, selber ein veritables Suchtproblem gehabt, ist beim Prozess herausgekommen.

Also wird vor jeder Tour zum Verbrennungsofen selbstverständlich noch einmal peinlich genau überprüft, ob wir bis aufs letzte halbe Gramm auch wirklich alles eingepackt haben, was da aufgelistet ist. Wer vom Haus mir bei diesen Exkursionen jeweils auf die Finger schaut, bestimmt kurzfristig ausschließlich die Geschäftsleitung, das wechselt ständig. Eine weitere Präventionsmaßnahme.

So weit, so gut. Was aber machst du, wenn du zum Beispiel hier im Büro einsam auf der Feinwaage nachwiegst, was die Polizei einem Verdächtigen abgenommen hat, und es stellt sich heraus, das sind gar keine vier Gramm Cannabis, wie da geschrieben steht, sondern bestenfalls schwache drei? Erst vorgestern habe ich mich wieder ordentlich ärgern müssen über so eine Schlamperei.

Da kann ich ganz schön blöd dastehen, wenn das wer nachprüft und feststellt, bei der Polizei waren es noch vier und beim Brunngraber auf einmal nur noch schlappe drei Gramm. Theoretisch gäbe es sogar noch weit schlimmere Möglichkeiten: Lese ich etwa auf dem Lieferschein einer Neuanzeige etwas von hundertzehn Gramm Kokain, und die Waage bestätigt mir das auch exakt, mag sich im beigelegten Säckchen trotzdem bloß harmloses Milchpulver befinden und das Suchtgift über alle Berge sein. Ich kann nun einmal das elende Zeugs nicht persönlich verkosten, das kann niemand von mir verlangen.

Man müsste also von allem Anfang an, schon bei der Polizei, immer zwei Leute aufeinander aufpassen lassen, und weil die ja gemeinsame Sache machen könnten, am besten gleich noch einen Dritten dazunehmen. Reiner Schwachsinn. Und auch da herinnen müsste mir bei jeder Verrichtung dauernd einer über die Schulter schauen. Also tendentiell doch mehr Vertrauen als Kontrolle. Gott sei Dank.

Davon ganz abgesehen, ich kann es mir mittlerweile, ehrlich gesagt, überhaupt nur noch schwer vorstellen, auf Dauer jemanden Zweiten in meiner Kemenate sitzen zu haben, egal, was der oder die macht. Eine kleine Katastrophe wäre das für mich.

So, und auf welch verschlungenen Ganglienwegen bin ich einsamer Beamtenwolf jetzt vor lauter Quatschen und Ratschen in dieses Katastrophenszenario hineingerutscht? Stimmt, über den Hokuspokus Warenwert, der sich bei mir in der Hexenküche namens Asservatenkammer im Handumdrehen in nullkommanichts auflösen kann.

Das gilt selbstverständlich in gleicher Weise für ganz andere Bereiche als das Suchtgift, zum Beispiel für die bildende Kunst: Da lese ich in der Zeitung, ein sündteuer gehandelter Max Ernst hätte sich als geniale Fälschung entpuppt, renommierteste Experten stehen jetzt bis auf die Knochen blamiert da. Ist mir natürlich sofort wieder meine Amtsgruft in den Sinn gekommen. Habe ich alles schon lagern gehabt da unten, jede Menge große Namen, Gemälde und Graphiken von Picasso, Renoir, Miró, Schiele, Klee und so weiter und so fort, sogar eine immerhin etwa so hohe Rodin-Plastik, Bronze-Guss, echt oder nicht echt, redlich erworben oder nicht. Jedenfalls hat der Besitzer weder brauchbare Belege vorweisen noch die Provenienz schlüssig dokumentieren können, also wem diese Kunstgegenstände davor gehört hatten.

Ein paar Bilder waren ganz eindeutig gefälscht, die sind sofort eingezogen worden, aber bei anderen mochten sich die zugezogenen Gutachter nicht festlegen. Die Staatsanwaltschaft hat daraufhin kurzen Prozess gemacht und jeweils hinten auf dem Keilrahmen beziehungsweise sogar direkt auf der Leinwand zur Warnung einen deutlichen blauen Stempelvermerk anbringen lassen: *ACHTUNG! KUNSTWERK IST VON ZWEIFELHAFTER HERKUNFT!*

Sie haben keine Vorstellung davon, wie sich der dubiose Besitzer deswegen ausgetobt hat bei der Übernahme dieser am Ende doch wieder ausgehändigten Asservate. Dazu habe die Justiz kein Recht gehabt, was wir uns einbilden würden. Wieso soll nicht auch ein Picasso schlechte Bilder gemalt haben? Sein vorsorglich gleich mitgebrachter Anwalt hat sich nicht so aufgeregt, dafür aber Schadenersatzklagen in irrwitziger Höhe angedroht, nicht zuletzt, weil sein Klient angeblich von uns verursachte kleine Beschädigungen, Einrisse und Klebespuren, geltend gemacht hat. Geworden ist nach meinem Wissensstand nichts daraus. Wird schon seinen Grund gehabt haben, vermute ich einmal.

Höchst nachlässig in Noppenfolie gewickelt, hat der gute Mann schließlich die angeblich millionenteuren Museumsstücke ohne jeden weiteren Schutz in seinen alten Lieferwagen verfrachtet, statt dass er einen versicherten Spezialtransport organisiert hätte. Da kann man nur den Kopf schütteln.

Perfekte, zumeist höchst einträgliche Fälschungen kommen an sich laufend herein bei dieser Tür, bis hin zum schweren, täuschend echt aussehenden SS-Ehrendolch samt Schaft made in USA, den bekannt-berüchtigten Wahlspruch *Meine Ehre heißt Treue* auf der Klinge, das ganze natürlich im aufwendig verzierten Behältnis, ausgelegt mit blutrotem Samt. Überhaupt die Legionen an NS-Devotionalienrepliken neben den immer noch vorhandenen Heerscharen widerlicher Originale, ein einziger Wahnsinn das. Da rumort es sauber im Untergrund, kann ich Ihnen flüstern, da kracht es im Gebälk, da schürt man Hass und schnürt man Stiefel. Würde mich nicht wundern, wenn uns bald einmal alles um die Ohren fliegt.

Brunngraber lässt kurz von seiner Routinearbeit ab, bückt sich und zieht rechts unten eine Schreibtischlade heraus. Das da habe ich gestern extra auf die Seite gelegt, um es Ihnen zur Illustration vorzuführen. Er schiebt eine vergilbte Ansichtskarte über den Schreibtisch. Kommt danach wieder an seinen Platz als achtes Überführungsstück auf der schrecklich langen Liste ÜL 112 aus 16 und mit dem restlichen Nazi-Scheißdreck aus diesem Konvolut am frühen Nachmittag hinunter in die strenge Kammer.

Fällt Ihnen etwas auf? Nicht? Schauen S' bitte auf das Datum: Der heutige Tag. Nur halt 1944. Da schreibt die Agathe aus Berlin an die Gerti in Stuttgart, dass sie noch lebt: *Bin gesund und munter. Herzliche Grüße und tausend Küsse.* Und ein Menschenalter später ist dieses schlichte private Schriftstück jetzt Teil eines amtswegigen Vorgangs geworden. Nicht wegen der Agathe oder der Gerti selbstverständlich, sondern wegen dem Kartenmotiv: *Die siegreichen Fahnen und*

Standarten der deutschen Wehrmacht – Karte 9: Nachrichtentruppe. Fünf Hakenkreuze wehen da im Vordergrund trutzig auf einem mit Reichsadler und Eisernem Kreuz geschmückten Banner unter einem blassen Mondlicht, schemenhaft lassen sich dahinter tapfere Soldaten erkennen, wie sie im Dunklen eine Feldtelefonverbindung aufbauen. Nicht weniger als dreiundzwanzig Stück NS-Andachtsgegenstände von einem einzigen Flohmarkthändler habe ich gestern wieder asservieren müssen, es wird ermittelt.

Erneut klopft Brunngraber energisch das Wort *vernichtet* in die Tastatur. Sie werden vielleicht lachen, fährt er fort, während sich auf seinem eigenen rundlichen Gesicht ein breites Grinsen ausbreitet, aber es gibt tatsächlich Momente, da komme ich mir ein bisschen wie der liebe Gott vor.

Wer nämlich sonst außer ihm und mir, frage ich Sie, kann den Leuten daheim in ihren vier Wänden so unbemerkt über die Schulter schauen, wenn sie in gemütlicher Runde etwa das Dritte Reich wiederaufleben lassen oder ungeniert ein Näschen Koks nach dem anderen ziehen, wenn sie sich mit einer Familienpackung Chips zur Stärkung am hochauflösenden Computerbildschirm an kinderpornographischem Material weiden oder mit den unmöglichsten Gerätschaften zur Ausübung häuslicher Gewalt schreiten? Wer sonst außer ihm und mir hat darüber hinaus jeweils Namen und Adresse?

Jetzt im Winter manchmal, wenn ich nach Dienstschluss aus der Stadt hinaus heimfahre und die Fenster links und rechts der Landstraße schon überall heimelig erleuchtet sind, fallen mir diese Kopfbilder wieder ein, und ich ertappe mich dabei, wie ich mir ausmale, in diesem schmucken Haus da könnte sich im zweiten Stock soeben der eine Abgrund auftun, und dort drüben in der Ferne auf dem Hügel eskaliert womöglich gerade eine harmlose Auseinandersetzung, morgen oder meinetwegen erst in ein paar Wochen werden die diversen Beweismittel dann zuverlässig in meinem Büro landen.

Kürzlich habe ich mir die Mühe gemacht und ausgerechnet, dass ich, rein statistisch betrachtet, ungefähr von jedem Zweihundertsten im Einzugsbereich unserer Staatsanwaltschaft einmal im Jahr ein Souvenir erfassen muss. Wobei ein einziges Aktenzeichen, wenn ich ordentlich Pech habe, auch gleich zwanzig einzelne Asservatsposten und mehr aufweisen kann. Und oft bezieht sich ein Verwahrstück gleich auf mehrere Personen, zum Beispiel Täter und Opfer. Ist das unter dem Strich viel, ist das wenig? Ich kann es beim besten Willen nicht sagen.

Nur noch mit Mühe, muss ich zugeben, gelingt es mir, mich in normale Leute hineinzuversetzen, die nicht von früh bis spät mit der vielfältigen Hardware von lächerlichen bis schauderhaften Tatbeständen konfrontiert sind. Ich kann mich nicht einmal mehr richtig an die graue Vorzeit erinnern, als das alles hier noch keine Rolle in meinem Leben gespielt hat, jedenfalls nicht daran, welche Vorstellung von der gesellschaftlichen Verfasstheit unserer ach so zivilisierten mitteleuropäischen Welt ich als naiver junger Mensch mit mir herumgetragen hatte, bevor ich zunächst einmal im Morddezernat anheuerte. Höchstens nach vierzehn Tagen Erholungsurlaub irgendwo tief im Süden oder hoch oben auf der Alm verschiebt sich das Gleichgewicht in mir wieder ein Stück weit, und es kommt mir nicht mehr ganz so vor, hinter jeder Ecke könnte sich jeden Augenblick die nächste Straftat anbahnen.

Ich meine das jetzt nicht im Sinn von Paranoia, im Gegenteil. Mir macht, glaube ich, kaum etwas richtig Angst, ich bin da mittlerweile ziemlich abgebrüht, das dürfen Sie mir glauben. Ich bete auch das Strafgesetzbuch nicht an und gestatte mir zu dem, was auf dem Papier erlaubt ist oder streng verboten, sehr wohl meine eigenen Gedanken. Es ist nur so, dass die reine Menge dessen, was da täglich über meinen Schreibtisch wandert, einfach ihre Spuren hinterlässt, unweigerlich. Und dass es, was immer im einzelnen die Ursachen sein mögen, auf jeden Fall einen schönen Batzen kriminelle Energie gibt da draußen, ob wir das sehen wollen oder nicht.

Brunngraber hat, während er unablässig erzählte, beiläufig eine Reihe weiterer BTM-Bereinigungen abgeschlossen, ein gutes Dutzend dürfte heute noch vor ihm liegen. Nun unterbricht er diese Tätigkeit, umrundet gemächlich den Schreibtisch und schnappt sich zielsicher einen der Ordner aus dem schmalen Regal rechts neben der Tür.

Stellen Sie sich nur vor, gestern habe ich für eine einzige Sitzung der *Jugend*strafkammer folgende Gegenstände aus meinem Fundus liefern dürfen: ein Paar schwarze Handschuhe, eine Schreckschusspistole Walther P22, einen Schlagring, zwei Butterflymesser, eine Schreckschusspistole Hämmerli, vierzehn Schreckschusspatronen, ein Scheckkartenmesser, einen Schlagstock Euro tonfa, einen Teleskopschlagstock, eine Taschenlampe, eine Blechdose mit Marihuanabröseln, eine Plastikdose mit Marihuanabröseln. Ich denke mir, das spricht, auch ohne die näheren Umstände zu kennen, einigermaßen für sich.

Mit einem vielsagenden Blick über den Lesebrillenrand bugsiert er den Ordner zurück an seinen Platz. Brunngraber ist Frühaufsteher und kommt um diese Jahreszeit bereits ins Amt, wenn es noch stockfinster ist. Jetzt macht er, weil er schon einmal den Schalter passiert, endlich das kalte Kunstlicht aus.

Mich in meinem Job brauchen die Hintergründe der -zig neuen Überführungsstücke pro Tag ja an und für sich gar nichts anzugehen, und ich will mit ihnen im Prinzip auch überhaupt nichts zu tun haben. Mir fehlen dafür neben Kompetenz und Zuständigkeit auch Zeit und Lust. Fast immer ignoriere ich den Inhalt der staatsanwaltschaftlichen Akten komplett, schließe ihnen einfach mein hellgrünes Sammelheft bei, auf dem ich zunächst automatisch den Vordruck *Annahme- und Herausgabeverfügung für Asservate* ankreuze.

Die zahllosen für mich relevanten Vorschriften, die Gesetze, Handreichungen, Leitfäden und Weisungen habe ich längst verinnerlicht. Es ist, wenn man sich alles gut organisiert und einen gewissen Sinn für Systematik hat, eine zwar verantwortungsvolle, in erster Linie aber von Routineabläufen gekennzeichnete, wenig phantasievolle Tätigkeit, der ich hier nachgehe, außer man denkt sich, wie *ich* das von Anfang an zu halten pflegte, bisweilen selbst Geschichten zu den wirklich absonderlichen Gegenständen aus, die ihren Weg zu mir finden. Die sind trotz ihrer Vielzahl aber eindeutig die Ausnahme.

Meistens arbeite ich, wie ich Auto fahre, ohne mir überhaupt bewusst zu sein, was ich da gerade tue. Andererseits, das muss ich schon erwähnen, macht diese berufsimmanente partielle Gehirnfreistellung bei einem, der so gestrickt ist wie ich, ungeahnte Räume, ganze Parallelwelten auf. Wenn es Sie interessiert, werde ich später vielleicht noch darauf zurückkommen.

Apropos absonderliche Gegenstände: Sie kennen doch sicherlich diese immer gleichen Fotos oder Fernsehbilder von Angeklagten, die zu Prozessbeginn vornübergebeugt auf der Armesünderbank hocken und ihre hängenden Köpfe in einen Leitz-Ordner gesteckt halten. So was findet sich beinahe täglich auf den Gerichtsseiten der Zeitungen.

Und jetzt stellen Sie sich bitte stattdessen eine Illustration vor, die von schräg hinten einen gut genährten, hart schuftenden Asservatenbeamten mit unerfreulichem Glatzenansatz samt seinem treuen Wägelchen zeigt, auf dem gerade ein äußerst ungewöhnliches und sperriges Beweismittel in den Verhandlungssaal gekarrt wird. Der Beamte war, wie Sie sich denken können, ich, und der besagte Gegenstand war – ein Felsen.

Ja, Sie haben sich nicht verhört, ein richtig schöner Felsbrocken, wie man ihn sich vorstellt, Konglomeratgestein, etwa vierzig Zentimeter lang und dreißig breit in der Grundfläche und noch einmal fast dreißig hoch. Ich hatte das in zweifacher Hinsicht schwerwiegende Stück davor im Keller mit zwei kräftigen Wachtmeistern mühselig auf mein Gefährt gehievt, und wie ich im Blitzlichtgewitter erschienen bin damit, ist ein Raunen durch den Saal gegangen.

Eine ziemlich unappetitliche Sache, kann ich Ihnen sagen, Russenmafia, dubiose Geschäfte, Erpressung, schließlich Mord. Das Opfer haben sie zu guter Letzt kurzerhand mit einem Spanngurt an mein schönes Asservat geschnallt und so auf scheinbar Nimmerwiedersehen versenkt. Ist dann, Wochen später, von

Tauchern geborgen worden, wenn mich die Erinnerung nicht trügt. Grauslich jedenfalls. Den Zeitungsausschnitt habe ich mir aufgehoben.

Da könnte man, muss ich gestehen, schon ein ungutes Gefühl bekommen dabei. Gott sei Dank war ich auf dem Bild nicht wirklich zu erkennen. Und Gott sei Dank haben sie darunter nur etwas über den fotogenen Felsbrocken geschrieben: Bizarres Beweisstück oder so ähnlich. Wäre mir wenig angenehm gewesen, wenn die meine Vorderfront gezeigt hätten und ich in der Legende auch noch lesen hätte müssen: Das riesige Trumm wird vom schwitzenden Asservatenbeamten in den Verhandlungssaal geschoben.

Nicht dass ich mich vor dieser Russenmafia groß fürchten täte. Denen bin ich so was von egal. Aber Anonymität ist trotzdem kein Schaden in meinem Gewerbe. Wie oft zum Beispiel stellen sie einen Anruf durch zu mir, und einer labert mich an, er möchte gefälligst endlich sein Smartphone oder weiß der Geier was wieder haben, und zwar etwas plötzlich.

Wenn ich dann betont kühl antworte, tut mir leid, die Staatsanwaltschaft hat nach den mir vorliegenden Unterlagen in der Sache noch nicht entschieden, kommt es vor, dass so ein Typ unangenehm laut wird und mich anherrscht, das kann doch nicht ewig dauern, und ich soll auf der Stelle ausspucken, wann ihm das Ding endlich ausgehändigt wird. Wo es doch schon ein Witz ist, ihm, dem reinen Unschuldslamm, sein Handy überhaupt abgenommen zu haben. Provozieren lasse ich mich prinzipiell nicht, also fange ich geduldig zu erklären an, dass das leider außerhalb meiner Kompetenz liegt. Vom abrupten Abbruch der Verbindung bis zum Götzzitat ist bei so einer Klientel alles drinnen.

Da möchte ich halt nicht gleich bürgerserviceartig transparent mit freundlichem Gesicht aus der Website unseres Hauses herausglotzen müssen oder gar steckbriefreif ausgeleuchtet in der Zeitung vorkommen und dann bei guter Gelegenheit vom nächstbesten verzweifelten Junkie in die Mangel genommen werden oder vom zornigen Mann ohne Handy. Das kann man doch verstehen, oder?

Dabei scherze ich gern, dass ich ohne Zweifel den sichersten Arbeitsplatz weit und breit habe. Und das nicht nur, weil ich als Beamter praktisch unkündbar bin. Wir befinden uns nämlich bei mir herinnen quasi im Hochsicherheitstrakt des Justizzentrums, sowohl da im Büro wie unten in der Asservatenkammer. Und das vor dem Hintergrund, dass ja ohnehin der ganze Gebäudekomplex selbst extra gesichert ist, da gelangt keiner so einfach herein, jeder wird kontrolliert.

Kontrolliert wird natürlich auch die einlaufende Post. Einmal hat sich ein heftig erregter Beschuldigter die Mühe gemacht, seine fäkalsprachlich gewürzten Auslassungen gegen den für ihn zuständigen Staatsanwalt stilgerecht aufs Toilettenpapier zu bringen. Und zwar handschriftlich, was gar nicht so leicht ist.

Der Kollege Wachtmeister hat sich davon nicht im geringsten aus der Ruhe bringen lassen, den anrüchigen Schriftsatz behandelt wie alle anderen, Eingangsstempel drauf, Aktenzuführung, Paginieren, Weiterleitung der gesamten Akte an den Adressaten z.K.u.w.V. Zur Kenntnisnahme und weiteren Veranlassung. Der hat sich postwendend heftig beschwert, eine Zumutung sei das und so weiter und so fort.

Was also hat der beleidigte Herr Staatsanwalt veranlasst? Die Verbalinjurien mussten abgetippt werden, gingen in Kopieform zur Akte. Und das Original, die Klopapierfetzen, mutierte zum Beweismittel, fand sich also bei mir ein und wurde selbstverständlich säuberlich asserviert.

Staatsanwälte, Richter, Justizwachtmeister et cetera gibt es viele hier, Asservatenbeamten dagegen nur einen einzigen, erklärt Brunngraber, der den Stapel unerledigter Bereinigungen mittlerweile fast vollständig aufgearbeitet hat.

Da klopft es kurz, heftig und rhythmisch. Oh, verdammt, Polizei! gibt Brunngraber sich scheinbar überrascht, als er die Tür einen Spalt breit aufmacht, gleich wieder zuschlägt und dann mit den Worten: Okay, ich hab mir's überlegt, ich ergebe mich widerstandslos, bitte nicht schießen! endgültig öffnet. Ein kleiner, drahtiger Wachtmeister schiebt grußlos einen neuen Transportwagen voller Akten und künftiger Verwahrstücke herein.

Viel Spaß, meint der Lieferant jetzt und hat dabei ein Pokerface aufgesetzt. Wie oft hab' ich dir schon gesagt, dass du mir nichts mehr von dem elendiglichen Schmarren bringen sollst, gibt Brunngraber zurück, ebenfalls ohne eine Miene zu verziehen. Darauf der Mann in Uniform: Ich versprech' dir's hoch und heilig, es wird bestimmt nicht wieder vorkommen. Und jetzt schlaf gut, habe die Ehre! Weg ist er.

Jeden Tag dieselben müden Scherze, seufzt Brunngraber, das Stück hält sich, muss ich zugeben, mit leichten Bearbeitungen schon sehr lange auf dem Spielplan. Er macht sich gleich einmal daran, den ersten Einlauf zu sichten. Das Material, aufgeteilt auf mehrere Schachteln und Kisten, stammt, wie Brunngraber erläutert, von verschiedenen Polizeidienststellen im Einzugsbereich des Landgerichtsbezirks. Dann kommt er noch einmal auf den Wachtmeister zu sprechen.

Der Wurmdobler ist überhaupt ein spezielles Kaliber, harte Schale, weicher Kern, der braucht das einfach, und ich komme ihm halt meistens ein Stückerl entgegen. Manchmal treibt er's dabei allerdings schon recht arg, sage ich Ihnen im Vertrauen, selbst für hartgesottene Gemüter. Habe ich vor kurzem zum Beispiel in so einer Akte ein paar bunte Tatortfotos auf dem Schreibtisch liegen, zerschmetterter Schädel, ausgetretenes Gehirn, Riesenblutlache. Kommt der Wurmdobler gerade schwungvoll und gut aufgelegt herein mit seinem Glump, sag' ich, do schaug her, furchtboar, ned? Darauf er scheinbar ungerührt: Pah, do tunk' i mei Weißwurscht nei. So einer ist der, nach außen hin.

Wo war ich? Ach ja, außer mir gibt es keinen, der hier tut, was ich mache, und so unter Verschluss werkt hier auch keiner außer mir. Zwei weitere Kollegen, darunter eine Dame, sind zwar voll ausgebildet, die können mich jederzeit kompetent vertreten, im Urlaubs- oder Krankheitsfall oder wenn ich auf einem Seminar bin, aber normalerweise gehen die einer anderen Tätigkeit nach.

In Zeiten besonders starken Geschäftsanfalls, so nennen wir das im wunderbaren Amtsdeutsch, wenn ich also den Wurmdobler hinter den hereinrollenden Aktentürmen tagelang nur noch ahnen kann, fahre ich sogar extra am Samstag herein und arbeite nach, weil ich es einfach nicht haben kann, nicht haben will, ewig hinterherzuhecheln. Überstundenzuschlag gibt es dafür natürlich keinen, aber extremer Stress schlägt sich bei mir schnell auf die Gesundheit, und da beiße ich halt lieber drei-, viermal im Jahr in den sauren Apfel. Vom gewerkschaftlichen Standpunkt aus ein absolutes Unding, da brauchen wir gar nicht darüber zu reden.

Und doch, Brunngraber wird merklich leiser und tritt einen Schritt vor, als fürchtete er ungebetene Mithörer, und doch, wenn ich ehrlich sein soll, nie fühle ich mich so sauwohl im Amt wie an diesen Extra-Samstagen, wenn keine Menschenseele da ist, niemand mich unterbricht oder ständig neues Zeug ankarrt, wenn kein Telefon läutet und ich die Stechuhr beim Kommen und Gehen links liegen lassen kann. Die heißt in der schönen neuen Welt übrigens etwas komplizierter, aber nicht weniger hässlich digitale Fingerabdruckzeiterfassung.

Unlängst hat sich das Bayerische Zeitmanagementsystem ohne jede Vorankündigung unterstanden, komplett auszufallen, nix Sachbearbeitung, nix Workflow, nix Selbstauskunft, mausetotes Zeiterfassungsterminal. Das sorgte für größere Verwirrung im amtlichen Hühnerstall, die BayZeit-Hotline hat uns per elektronischem Anschreiben zu beruhigen versucht, an der Behebung der Störung werde mit Hochdruck gearbeitet, und ein besonders umsichtiger Kollege mit dem bodenständigen Vornamen Korbinian schickte mir aus seinem Büro schließlich eine Entwarnungsmail des Inhalts: *Ich glaub', es geht wieder. Hab' so eben Nachschau gehalten. Du bist auf jeden Fall da, im Gegensatz zu mir, ich bin nämlich nicht da.* Da soll man nicht zum Existentialisten werden.

Und weil wir uns gerade in den hochgeistigen Sphären philosophischer Weltbetrachtung aufhalten: Schon der Begriff *Zeiterfassung*, ist er nicht euphemistisch unehrlich und andererseits eine dem Wortsinn nach unfassbare Hybris? Unehrlich wohl mit voller Absicht, denn was da erfasst werden soll, ist natürlich mitnichten die abstrakte Zeit, sondern die konkrete

Anwesenheit des Personals. Ist ja für sich genommen kein Problem, nur soll man sich dazu auch bekennen.

Hochmütig eher weniger absichtlich, weil die Anmaßung wahrscheinlich nur dem auffällt, der, wie ich, bei jeder sich bietenden Gelegenheit die Flöhe hinter den Wörtern husten hören will: Denn ich frage mich, wie sollen wir einsteinunbeleckten Durchschnittswürstel bitte je befähigt sein, die Zeit zu erfassen, zu begreifen? Ginge es nach mir, gäbe es stattdessen das präzise Buchstabenungetüm *Fingerabdruckanwesenheitserfassung.*

Verstehen Sie mich nicht falsch, Stechuhr klingt, wie gesagt, auch nicht besonders vertrauenerweckend, und ich möchte trotz Fingerabdruckzwangsdurchleuchtung um keinen Preis mehr zurück in die rein analoge Vorzeit mit den riesigen Nikolausbüchern, wie ich sie immer genannt habe, diesen Folianten, in die jedes einzelne Überführungsstück händisch eingetragen werden musste, dort drüben stehen noch welche. Da wäre ich mein eigener Feind. Nein, auf das grenzgeniale Asservatenverwaltungsprogramm lasse ich nichts kommen.

Mein armer Vorgänger, der mich noch eingearbeitet hat damals, musste sein gesamtes Berufsleben jede Bewegung des Asservats handschriftlich erledigen, das Stempelkarussell hat sich, bis ihm schwindlig wurde, unablässig gedreht bei ihm, wie beim jungen Nachfolger eine Zeitlang auch noch. Für mich war die

Umstellung dann ein wahrer Quantensprung, kann ich Ihnen sagen.

Noch ein kurzer Nachtrag, wenn Sie gestatten, zur sprachlichen Überempfindlichkeit des Justizverwaltungsinspektors Brunngraber: Die Staatsregierung hat im Internet eine sogenannte Verkündungsplattform Bayern eingerichtet, garniert mit der sinnfälligen Abbildung einer Trommel, wie sie in früheren Jahrhunderten für Bekanntmachungen der Obrigkeit eingesetzt wurden. Unter dieser Webadresse finden sich die diversen Amtsblätter, Gesetze, Verordnungen und dergleichen ausgetrommelt. Recht nützlich, zweifellos.

Aber mit der Verkündung von oben herab ist das halt so eine Sache. In meinen Ohren hat das hehre Wort den unangenehmen Beigeschmack göttlicher oder zumindest gottgegebener, also sakrosankter Offenbarung, im Gegensatz zur bürokratischen Kundmachung, die auf reversible irdische Regelungen des Zusammenlebens verweist. Wäre die Jungfrau Maria ein Kind des einundzwanzigsten Jahrhunderts gewesen, hätte sie von ihrer Schwangerschaft wahrscheinlich nicht durch den Erzengel Gabriel, sondern auf einer digitalen Verkündungsplattform Kunde erhalten.

So, und jetzt trinke ich zur Stärkung auf Staatskosten unser hervorragendes Wasser. Brunngraber wendet sich zum Waschbecken, gießt sich einen tönernen, grauen Bierkrug voll, schlendert damit ans andere Ende des Zimmers, öffnet den einen Fensterflügel, atmet die Schneeluft tief ein und schaut hinaus. Zwei oder drei Minuten sagt er gar nichts, trinkt nur von Zeit zu Zeit einen anständigen Schluck, dann schließt er das Fenster wieder.

Haben Sie gut aufgepasst? fragt Brunngraber und justiert kaum merklich die beiden Kakteen am Fensterbrett. Das war nämlich keine rein persönliche Auszeit, gestaltet nach meinem Gutdünken, ich habe vielmehr soeben die im Prinzip verkündungsplattformtaugliche, dennoch schriftlich erfolgte dienstliche Anleitung zum richtigen Büroraumlüften, und zwar jahreszeitenkompatibel selbstredend die Variante für den Winter, penibel nachvollzogen.

Diese amtliche Nachhilfestunde für komplett Bescheuerte ist die köstliche Frucht einer baubiologisch offenbar bedenklichen Konstruktion des Erweiterungskomplexes. *Wegen der Dichtheit der neuen Gebäudehülle*, steht darin wörtlich zu lesen, sei der betreffende Paragraph der Hausordnung auf folgende Weise umzusetzen: *Nachts: Fenster geschlossen halten. Tagsüber: Lüften nach Bedarf – ansonsten Fenster geschlossen halten. Prinzipiell: Stoßlüften ist energiesparender als Kipplüften.* Herrlich, nicht? Ich hab's auswendig gelernt.

Noch weit herrlicher für meinen Geschmack ist allerdings im Spätherbst ein mindestens ebenso fürsorgliches Rundschreiben ausgefallen, das ich mir natürlich gleich ausgedruckt und am dafür vorgesehenen

Ort deponiert habe. Brunngraber hat inzwischen den leeren Krug zurück aufs Bord über dem Waschbecken gestellt, seinem Spiegelbild einen kritischen Blick zugeworfen und kramt jetzt im obersten Fach seiner Drahtgeflechtbüroablage auf dem Schreibtisch.

Das hier ist meine absolut chemiefreie Wundermittel-Apotheke, der Schrecken der Pharmaindustrie, erläutert er schmunzelnd, ein wahres Kuriositätenkabinett. Da lagern nur die allererlesensten Amtsdeutschschimmelschmankerl, oder heißt es richtiger: Amtsschimmeldeutschschmankerl? Egal. Geben Sie bitte Obacht! *Aus aktuellem Anlass möchte ich darauf hinweisen, dass das Parken unter dem Nussbaum auf dem Westparkplatz, Klammer: Südseite, Klammer zu, auf eigene Gefahr erfolgt. Nachdem die aufgestellten Warnhütchen eigenmächtig entfernt wurden, wird für Schäden durch herabfallende Nüsse nicht gehaftet.*

Ich weiß, das klingt verdammt danach, als wollte ich mich lustig machen über solche Ergüsse. Das genaue Gegenteil ist der Fall. Sie machen vielmehr *mich* lustig. Will heißen: Sie versüßen mir den eintönigen Alltag, bringen mich gar herzhaft zum Lachen, wo's doch bei mir gewöhnlich nur herzlich wenig zu lachen gibt. Darum sammle ich sie auch in Griffweite. Es kann vorkommen, dass mir plötzlich bewusst wird, jössas, heute bin ich aber schlecht drauf, richtig depressiv, und dann lange ich in dieses Zauberfach, schnappe mir blind irgendeine der köstlichen Seiten, lasse sie als Medizin auf mich wirken, und schon geht es mir ein bisschen besser. Stimmungsaufheller ohne Nebenwirkungen sind das, und ich kann nicht genug davon kriegen.

Brunngraber nimmt nun seine Tätigkeit von vorhin wieder auf und ordnet die Neueingänge weiter verschiedenen Haufen zu. Ich bin mir ganz sicher, sagt er nach einer kleinen Pause, dass mich diese Konstellation, nämlich der einzige Asservatenheini zu sein in diesem Betrieb, ziemlich geprägt hat. So in Richtung meditative dienstliche Eigenbrötlerei, meine ich, trotz aller privaten Geselligkeit, die ich mir zuschreibe, wenigstens fallweise. Wenigstens einem in mir zuschreibe, der ich bin, wenn ich das so sagen darf.

Mein Büro und die Asservatenkammer, ich empfinde das, wie erwähnt, irgendwie als mein Hoheitsgebiet, als mein persönliches Reich, da herrscht meine Ordnung, da ist mir alles vertraut, da läuft im Prinzip alles wie geschmiert, solange von außen keine Störfaktoren einwirken, da ertrage ich es ausgesprochen schlecht, wenn mir einer dreinreden will.

Jetzt zum Beispiel sortiere ich vor. Und zwar, das hat sich aus Gründen der Zweckmäßigkeit so ergeben, in die zwei Bereiche *Betäubungsmittel* und *Allgemeines*. Woraus sich nach Adam Riese schließen lässt, dass die Überführungsstücke mit Suchtmittelbezug alle anderen Gruppen um Längen hinter sich lassen. Wir führen dazu eine genaue Statistik, und daraus lässt sich ersehen, dass etwa ein Drittel aller erfassten Asservate einen BTM-Hintergrund haben.

Heute ist auch wieder einmal ein sogenannter Irrläufer dabei. Das heißt, der gute Einlaufwachtmeister hat sich in der Eile verschmissen, die Akte dort drüben gehört nämlich von Rechts wegen ins Dezernat 51. Die geht also postwendend retour in den Auslauf.

Moment einmal, was haben wir denn da Schönes? Brunngraber hält kurz inne und tastet den Inhalt eines der größeren Umschläge sorgfältig ab. Fühlt sich nach gewöhnlichem Schlagstock an, ist aber um einiges schwerer. Das macht mich jetzt neugierig, da schauen wir gleich einmal nach. Wo ist mein Helferlein? Mit einem zum Brieföffner umfunktionierten Dolchmesser, einst eingezogen und nun, in Brunngrabers Worten, einem langsamen Vernichtungsprozess durch amtliche Abnutzung unterworfen, verschafft er sich schnell Zugang.

Da schau her, ein allem Anschein nach selbstgedrechselter Aluminiumknüppel. In dieser Form habe ich das, glaub' ich, noch nie gehabt. Gelungenes Stück, mit fataler Wirkung allerdings. Könnte ich später einmal durchaus in meine Mustersammlung aufnehmen.

Für die interne Fortbildung und diverse Vorträge habe ich mir nämlich mit Billigung meiner Vorgesetzten unter anderem ein hübsches Waffenarsenal zurückgelegt, Schusswaffen ausgenommen. Da wimmelt es nur so von Würgehölzern, Schlagringen, Wurfsternen, Fleischerbeilen, exotischen Dolchen und ähnlichen einschlägigen Hilfsmitteln. Sogar eine professionelle Steinschleuder mit Armstütze findet sich darunter. Die wenigsten natürlich selbstgebastelt wie dieser praktische Prügelbehelf, sondern ganz legal erworben im Laden oder mehr und mehr übers Internet, weil es eh alles vollkommen harmlos ist und bloß als Vitrinenschmuck gedacht oder bestenfalls zur Selbstverteidigung. Da kommt man sich manchmal wirklich wie der alte Sisyphos vor in meinem Job.

Nehmen Sie zum Beispiel dieses schmucke Blaulicht da drüben, als Rundumleuchte aktenkundig, ganz oben im Regal steht's. Auch eines von meinen Demonstrationsobjekten. Das stammt von einem schneidigen Porschefahrer, der es sich gelegentlich aufs Dach schnallte, um sich beim lustigen Rasen nicht behindern zu lassen. Harmlosen Verkehrsteilnehmern fuhr er mit Vorliebe gefährlich auf und schaltete dann, wenn sie den Weg nicht gleich freigaben, einfach das Warnsignal ein. Wozu, frage ich Sie, muss so etwas frei im Handel erhältlich sein?

Und dann gehen Sie bitte ins Netz und schauen Sie sich einmal an, wie da in einschlägigen Foren diskutiert wird darüber. Fragt einer unter seinem Echtnamen scheinbar naiv, aber auf den Punkt gebracht: Für welche legalen Zwecke braucht man das? Und ein anderer, der sich Schwummiwumi nennt, antwortet belustigt: Haha, für keine. Die Hersteller verweisen natürlich unschuldig auf Kindergeburtstage und preisen das Zeug als zündenden Partygag an.

Mit weniger als zehn Euro sind Sie dabei, inklusive Magnetfuß. Ist dann aber ein spottbilliges, nur wenig zuverlässiges Einsteigermodell, mein hurtiger Porschefahrer hat da allein schon aus Prestigegründen zweifellos einiges mehr investiert, das macht doch ordentlich was her, das Ding.

Wird auch gern von falschen Zivilstreifen verwendet, die bevorzugt auf Autobahnparkplätzen eigenmächtig Fahrzeugkontrollen durchführen. Wenn so ein irritierter älterer Lenker ahnungslos aussteigt, natürlich ohne den Zündschlüssel abzuziehen, und mit steifen Beinen zum Kofferraum wackelt, um das verlangte Warndreieck, die Warnweste und den Erste-Hilfe-Kasten vorzuweisen, springt der angebliche Polizist flugs in den Wagen und wird vom Komplizen mit Blaulicht zurück auf die Autobahn gelotst. Praktisch, sehr praktisch das.

Oder nehmen Sie die notorischen Laserpointer. Das Internet quillt über von Angeboten. Fast alle natürlich hart an der deutschen Fünf-Milliwatt-Legalitätsgrenze, aber aus dem Ausland importiert geht's straffrei noch viel, viel stärker. Nur, schon die grünen Fünf-Milliwatt-Dinger, man muss sich das vorstellen, die schädigen — —

Zum ersten Mal an diesem Vormittag läutet das

Telefon: Brunngraber. Morgen. Selbstverständlich. Ja. Mhm. Ja. Freilich, sagen S' einmal das Aktenzeichen, bittschön. Einen Moment. Ja, ja. Genau. Da haben wir so einiges an Asservaten auf Lager: Handy, Fernseher, Brosche, Halskette, noch eine Halskette, siebenhundert Euro in bar, Verstärker, Schraubenzieher, Plastiktüte mit Blutanhaftungen, noch ein Handy. Brauchen S' eine Liste von den Dingern? Gut, die drucke ich Ihnen aus und schicke sie umgehend an die Dienststelle. Genau. Der Herr Hegelmüller, gell? Ja, vorne wie der Philosoph? Faxnummer? Mhm. Ganz ohne Anschreiben, nix? Alles klar. Bitte, gern geschehen. Ja, gleichfalls. Wir sehen uns. Auf Wiederhören.

Das war ein Sachbearbeiter von der Polizei. Die Staatsanwaltschaft hat ihn nämlich beauftragt, sichergestellte Gegenstände konkreten Personen zuzuordnen. Für diese Ermittlungsschritte braucht er jetzt dringend meine Liste.

Brunngraber gibt den Druckbefehl, das Gerät schaltet sich ein und spuckt das fragliche Blatt aus. Er verfrachtet es umgehend ins Faxgerät und tippt die Nummer ein. Schließlich legt er das Original ab und macht sich anheischig, so der launige Justizverwaltungsinspektor wörtlich, die Toilette aufzusuchen. Mich drängt der Kaffee an diesen Ort, erläutert er auch diesen privaten Vorgang und grinst, als er durch die Tür verschwindet, die er von außen sowohl manuell als auch elektronisch verriegelt.

Stichwort Laserpointer, Brunngraber wäscht sich

noch die Hände, als er schon fortsetzt, wo er vorher vom Läuten des Telefons unterbrochen worden ist. Fünf Milliwatt, also ganz legal, die können die Netzhaut innerhalb des Lidschlussreflexes von vielleicht einer Viertelsekunde nachhaltig schädigen. Mein spektakulärstes Überführungsstück in diesem Zusammenhang: Da hat sich ein Bescheuerter den Spaß gemacht, in der Nacht vom eigenen Schlafzimmer aus Piloten beim Landeanflug zu blenden, und das gleich viermal hintereinander. Zwei dieser Maschinen haben die Landung sogar abbrechen und neu durchstarten müssen. Ist Gott sei Dank nichts passiert, und man hat den Kerl auch schnell ausgeforscht, ein Nachbar hat ihn bigbrotherartig auf frischer Tat mit dem Handy gefilmt. Durchsuchungsbeschluss, und zack, haben sie's schon gehabt, mein Asservat.

Warum gibt es, frage ich Sie, dermaßen leistungsstarke und gefährliche Laserpointer im freien Verkauf und noch viel, viel ärgere problemlos übers Internet? Doch nicht ernsthaft als modernes Zeigestaberl für eindrucksvolle Präsentationen im Besprechungszimmer eines Konzerns oder für den Vortrag im Unihörsaal? Da reichen die harmlosen der Klasse zwei vollauf.

Die Delikte, die sich mit dem Missbrauch dieser unsinnigen Gerätschaften in Verbindung bringen lassen, haben es in sich: Das reicht von fahrlässiger Brandstiftung bis hin zur Körperverletzung, vom gefährlichen Eingriff in den Verkehr bis hin zum versuchten Totschlag, im Extremfall.

Wenn ich mich an meine katholische Jugend recht erinnere, heißt es im *Vater unser* doch so treffend: *Und führe uns nicht in Versuchung*. Aber genau das passiert da draußen an allen Ecken und Enden. Um des schnöden Mammons willen eine originelle Geschäftsidee nach der anderen, und ich darf mich dann mit dem Zeug herumschlagen, wenn die Leute sich verführen lassen und damit etwas anstellen. Viel davon ließe sich leicht komplett vermeiden, bin ich überzeugt, oder man könnte es zumindest beträchtlich erschweren.

Staatliche Bevormundung, pfui! tönt es dann gleich von überall her, ich sage Ihnen, dieses öde Gewäsch kann ich nicht mehr hören. Selbstregulierung des Individuums! So ein Schmarren. Brunngrabers Unmutsäußerungen finden ein jähes Ende, denn er ist in diesem Augenblick mit dem Vorsortieren fertig und leitet zum nächsten Schritt über.

Wunderbar, jetzt weiß ich, wie der Hase so ungefähr läuft heute am restlichen Vormittag. Der dienstlichen Bearbeitung dieser Haufen steht jetzt an und für sich nichts mehr im Wege, es kann losgehen: Bewegungsumschlag, Eingangsstempel, Annahmeverfügungsstempel, Datumstempel und so weiter und so fort. Das wird langweilig werden, warne ich Sie.

Fangen wir mit etwas Größerem an. Dieser Karton da, für den gibt es bereits ein Aktenzeichen, weil die

Polizei in der Sache schon Kontakt hatte mit uns, da haben wir jetzt zusätzlich ein Asservat hereingekriegt, Turnschuhe sollen das sein, steht da. Brunngraber öffnet vorsichtig die Schachtel und rümpft angewidert die Nase. Das war jetzt eine Fleißaufgabe, da hätte ich gar nicht nachzuschauen brauchen, das riecht man gegen den Wind.

Ich gebe also das Aktenzeichen ein, sehen S', da steht auch schon der Name des Beschuldigten. Asservate bisher nein, jetzt ja. Speichern. Sonstiges: ein Paar helle Turnschuhe. Abschließen. Aufs Asservat gehen. Anklicken. Etiketten mit Barcode ausdrucken. Liste kommt von selber. Asservatenheft rausholen. Papier aus dem Drucker. Liste der Überführungsstücke, Verfügung. Empfangsbestätigung für die Polizeidienststelle, ab in den Auslauf. Asservatenaufkleber aufs Verwahrstück, aufs Asservatenheft. Jetzt schreib' ich noch drauf *SCHACHTEL*. Da weiß ich dann später gleich, dass es kein Umschlag ist, sondern ein größeres Stück im Spezialregal, ein Karton. Fertig. Kommt auf den Wagen.

Missionarsstellung ohne Ende, hat der Wurmdobler einmal anzüglich gemeint und gelauert, wie ich wohl darauf reagiere. Du liegst nämlich immer oben, hat er mich genüsslich aufgeklärt, wie ich erwartungsgemäß nur blöd aus der Wäsche geschaut hab'. Jetzt schauen Sie auch blöd, gell? Also, des Rätsels wenig spektakuläre Lösung: Mein beigefügtes Asservatenheft findet sich nämlich fast immer ganz oben in der Akte.

Apropos obenauf: Sie dürfen sich übrigens nicht wundern, wenn der Wurmdobler das nächste Mal reinstiefelt und mich Herr Abgeordneter tituliert oder kurz Herr MdB, also Mitglied des Bundestags. Da habe ich am Anfang auch schön blöd geschaut, bis er mir eine von den staatsanwaltschaftlichen Verfügungen unter die Nase gerieben hat, die ich tagaus, tagein bearbeite. Auf dem Formular heißt es nämlich: *Asservate an Hrn. Asserv.-Beamten mdB um Asservierung*, also *m*it *d*er *B*itte. Klingelt's? Herrn Asservatenbeamten, MdB. Ziemlich halblustig, würde ich sagen.

Und schon geht's zügig weiter: Ein rot-weiß-blauer FC Bayern München-Fanschal, ts ts ts ts ts. Hat da gar einer einen erwürgt damit, weil sie ausnahmsweise verloren haben? Oder gehört der zu einem Steuerverfahren in der Vorstandsetage? Soll nicht mein Problem sein. Nun gut, die amtlichen Abläufe habe ich hoffentlich zur Genüge erklärt, die Einschulung ist praktisch erfolgreich absolviert, wollen Sie's nicht selbst gleich probieren? Ich weiß schon, ganz so schnell lernt man es auch wieder nicht, aber eine Hexerei ist es wahrlich keine, sobald einem die oberste Maxime in Fleisch und Blut übergegangen ist: Nur ja nichts durcheinanderbringen! Also noch einmal langsam zum Mitschreiben: Zuerst muss ich — —

Wieder meldet sich das Telefon. Brunngraber

schaut zuerst auf die Uhr, dann aufs Display. Er schüttelt energisch den Kopf. Nein, für dich habe ich jetzt überhaupt keine Zeit. Tut mir leid. Er lässt es elfmal läuten, hebt nicht ab.

Da gibt es welche, die wollen immer alles auf der Stelle. Über die Jahre habe ich gelernt, mich davon nicht verrückt machen zu lassen. Ein Blick genügt, und ich weiß zumeist gleich, wer da anruft. Ich habe sicherlich ein paar Dutzend Anschlüsse im Kopf, mindestens. Bei der Mehrzahl davon ist es gar keine Frage, da stehe ich Gewehr bei Fuß und erkundige mich höchstens: Glangt's, wenn ich's sofort erledig'? Reicht Ihre passive Bayerischkompetenz, um das zu verstehen?

Aber es gibt auch die anderen. Und mehr will ich dazu gar nicht sagen. Es gibt auch die anderen. Brunngraber denkt kurz nach, scheint es, dann meint er entschlossen: Wissen Sie, wie wir's jetzt machen? Ich habe gestern für Sie noch zwei besonders aufschlussreiche aktuelle Beispiele zurückgelegt, die heute mit hinunter in den Keller wandern werden. Die zeige ich noch her, und dann vertreten Sie sich am besten ein wenig die Füße, viel spannender wird's nicht. Ich werde derweil bis zur Mittagspause alltagstrotteln, Cannabisbrösel und abgerissene Autorückspiegel asservieren, wir könnten uns dann beim Italiener vorne rechts an der Ecke treffen, und danach gibt's, wenn Sie sich bis dahin den Appetit nicht verdorben haben, zum Dessert die Asservatenkammer.

Also, da wäre zunächst einmal das da. Bei uns heißt so was im Fachjargon nüchtern *chemisch behandelte Grußkarte*, und zwar von der Sorte *Pop Up*, wo einem was entgegenspringt. Die sind etwas dicker, überall erhältlich, und wenn man sie aufmacht, sehen Sie, da wächst wie von Geisterhand eine zuckerlrosa Geburtstagstorte heraus, samt Kerze. Na ja, wem's gefällt. Dahinter aber ist schön Platz wie in diesem Fall für Fentanyl-Pflaster. Die dienen eigentlich zur Schmerztherapie, fallen unter das Betäubungsmittelgesetz, enthalten ein synthetisches Opioid.

Dergleichen Aufmerksamkeiten schickt der Freundeskreis den Giftlern zuweilen ins Gefängnis, aber durchkommen tun sie so gut wie nie damit. Vor vielen Jahren, fällt mir da ein, habe ich übrigens auch schon den Klassiker an Schmuggelgut in die Zelle gehabt, sehen Sie die Schwarte da drüben neben den Strafgesetzbüchern?

Brunngraber fährt mit dem Bürosessel schwungvoll ans Regal und zieht den Band heraus. Bei mir herinnen muss natürlich keiner auf die Bibel schwören, und selber komme ich auch ganz gut ohne kirchliche Frohbotschaften über die Runden. Das Ding da ist übrigens kein Fake, wohlgemerkt, sondern tatsächlich eine ledergebundene Ausgabe des Alten und des Neuen Testaments, genau in diesem Zustand sichergestellt, mitsamt dem brisanten Inhalt, der natürlich extra asserviert werden musste. Ein Prunkstück meiner Mustersammlung, darf ich mit Stolz sagen.

Die ersten sechzig, siebzig Seiten ganz normal, schauen Sie her, und dann eine auch für den Laien auf den ersten Blick erkennbare Form, tief rausgeschnitten in der Mitte, mit einem Stanleymesser wahrscheinlich, kuscheliges Plätzchen für eine niedliche praktische Handfeuerwaffe im Wattemantel, nicht? Und die letzten siebzig, achtzig Seiten dann wieder vollständig, die Apokalypse des Johannes hätte der Adressat also durchaus nachlesen können vor der beabsichtigten Geiselnahme.

Und weil wir schon einmal bei der Apokalypse sind: Das bringt mich schnurstracks zum zweiten Beispiel von gestern, mit dem ich Sie dann auch vorläufig entlassen werde, wenn Sie einverstanden sind. Gehört in die Rubrik Völkerwanderung, Abteilung aggressives Betteln. Jedenfalls wird das dem ziemlich jungen männlichen Beschuldigten zur Last gelegt. Die Schlagwörter könnten aber genauso gut lauten: Globales Dorf, Ellbogenkapitalismus, Wohlstandsgefälle, Antiziganismus in Südosteuropa.

Mag ja vielleicht tatsächlich ein Schlitzohr sein, aber wohl fühle ich mich bei solchen Amtshandlungen trotzdem nicht recht, muss ich zugeben. Die Hilfsmittel zur Tatbegehung habe ich als vorbildlicher, persönliche Befindlichkeiten hintanstellender Beamter dennoch fein säuberlich asserviert: Zwei handgeschriebene Zettel, eingeschweißt in eine Plastikhülle, steht da in der Akte. Lesen Sie selbst.

Nummer eins: *HELFEN. BITTE TATA STORB. MAMA KRANGHAUS. BITTE. 3 BRUDER SLAFEN ZELD. HELFEN KLAIN GELD. WEL DANKE. Und Nummer zwei: HELFEN. BITTE ZÜRICK IN RUMENIA. KAINE ARBATE KAINE GELD. MIT KOFEN TIKET BITTE HELFEN. PISEN GELD. WEL DANKE.* Ich erspare mir jeden weiteren Kommentar.

Eine Stille entsteht. Brunngraber nickt mehrmals leicht, schlapft schließlich zum Waschbecken, bückt sich mit einem Ächzen. Schauen Sie her, da hab' ich Ihre Schuhe, und Sie geben mir dafür meine Reservepatschen zurück. Schön warm sind die, nicht? Da machen wir jeden Herbst über die Personalvertretung eine Sammelbestellung. Beziehen tun wir sie über die JVA Kaisheim, wo sie in der anstaltseigenen Schuhmacherei produziert werden, neuerdings auch in frecheren Farben, wie man uns wissen hat lassen. Aber mir sind die alten frech genug.

Wissen Sie, wie die Dinger offiziell heißen? Nein? Niedertreter heißen die, kein Scherz. Die heißen tatsächlich Niedertreter.

II

Mahlzeit, erinnert sich Brunngraber und lugt dabei sowohl über den Rand der Lesebrille wie über jenen der Speisekarte, das Wort *Mahlzeit* verwendete meine Großmutter mit Vorliebe zweckentfremdet, und zwar, wenn etwas gründlich danebenging und so angerichtet war, dass die Beseitigung des Schadens einen wohl eine ganze Weile beschäftigen würde. Sofern das überhaupt im Bereich des Möglichen lag.

Na Mahlzeit! hieß es da zum Beispiel, wenn es in der Küche erbärmlich stank und die Herdplatte versaut war, weil sie die aufgestellte Milch vergessen hatte. Na Mahlzeit! lautete ihr Befund, wenn ich ihr mein neuerliches Mathematik-Scheitern beichtete, das mich mit beiden Beinen in den Abgrund zu stoßen drohte.

Sie gestatten mir an dieser Stelle einen scheinbar weiten Gedankensprung: Drüben im Justizzentrum finden sich am Stechuhrterminal, von dem vorher schon ausführlich die Rede war, mittags oft mehrere Leute zugleich ein und stellen sich brav an, um ihre Fingerabdrücke einzuspeisen, bevor sie hungrig rausströmen und ihre Pause in der dislozierten Kantine oder eben hier verbringen. Und was bekommen sie da ohne Unterlass voneinander zu hören? Richtig, alle grüßen einander mit *Mahlzeit*. Das kommt mir aber jedesmal wie ein Fatalitätenkommentar aus Omas Mund vor.

Vor fünfundzwanzig Jahren noch standen Fingerabdrücke fast ausschließlich für ein Verbrechen, das es aufzuklären galt. Heute dienen die wohl persönlichsten Körperdaten unter anderem längst ganz selbstverständlich als unumgängliche Touristeneintrittskarte ins gelobte Land der unbegrenzten Möglichkeiten wie als Austrittsvoraussetzung fürs Personal bei Ämtern und Behörden. Und was wird in fünfundzwanzig Jahren sein? Um mit der Oma zu sprechen: Na Mahlzeit! Ich möchte es mir gar nicht ausmalen.

Eigentlich kann ich rundweg alles empfehlen, was da auf der Karte steht. Eine exzellente Küche, Sie werden sehen oder sehen es indirekt schon jetzt. Von wegen Abstimmung mit den Füßen. Kaum noch ein Platz frei. Besonders günstig natürlich die Menüs, drei Wahlmöglichkeiten, eines davon vegetarisch, mit kleinem Nachtisch. Noch vor dem speziellen Aromadessert der Asservatenkammer.

Die Formel *Mahlzeit* ist natürlich eine aufgelegte Sache für Kabarettisten mit feinen Ohren. Ich denke da etwa an meinen engeren Landsmann Gerhard Polt, der dazu einst einen feinen Sketch fürs Fernsehen produziert hat. Die Klangfarben, die da ins Spiel kommen, der Unterton, die mögliche szenische Umgebung. Da stehst du, entschuldigen Sie bitte das drastische Beispiel, da stehst du, bevor du nach dem Asservieren blut- und spermabesudelter Unterwäsche essen gehst, zur Erleichterung im Pissoir, stellt sich einer daneben, fingert an seinem Hosenschlitz herum und kommt dir, unmittelbar bevor sein Strahl prasselt, mit dem M-Wort. Na Mahlzeit!

Wieso, hat es dieser Tage an mir genagt, wieso kommt die meist ansteckend aufgeräumte Sachbearbeiterin vom Stock über mir, nennen wir sie Müller-Oberhuber, heute um Schlag halb vier am Nachmittag auf die Idee, mich mit einem gedehnten *Mahlzeit* zu bedenken? Ist sie einfach nur zerstreut, oder hat die Arme vielleicht keine Zeit für die verdiente Mittagspause gefunden und unbewusst ihre Sehnsucht danach kundgegeben, oder geistern die Köstlichkeiten, die Giovanni ihr serviert hat, nicht nur in ihrem Magen, sondern auch in ihrem Kopf noch herum?

Dazu kommt vor allem die Komik des uniformiert Inflationären, wenn jeder jedem die Nahrungsaufnahme nahelegt. Da lobe ich mir den stets in sich gekehrten Staatsanwalt, der sich davon nicht beeindrucken lässt und jedermann zu jeder Tageszeit sein defensives *Grüß' Sie, grüß' Sie* entgegenbrummt, ohne ihn eines Blickes zu würdigen. Jedes Mal wieder fällt mir dazu eine Großmutter ein, die dem von der Tochter nicht ordentlich erzogenen kleinen Enkelkind Manieren beibringen will und ihm mittels Infantilsprache einzutrichtern versucht, brav *grüssigrüssi* zu machen.

Also gut, Strich drunter, sind wir so weit? Brunngraber gibt dem Kellner ein Zeichen. Gleich nach der Bestellung legt er eine blaue Mappe vor sich auf den Tisch. Ich habe Ihnen, räume ich freimütig ein, nicht ganz ohne Hintergedanken angeboten, gemeinsam essen zu gehen. Nicht dass ich mich als Person über Gebühr in den Vordergrund drängen möchte, wo Sie doch offensichtlich mein Berufsbild interessiert, die Vielfalt der Überführungsstücke und wie mit ihnen umgegangen wird. Brunngraber schiebt die Mappe ein wenig zur Seite, lässt die rechte Hand auf ihr ruhen.

Was ich mache, mache ich, wie gesagt, nicht ungern. Ausfüllen tut es mich nicht. Ich habe zwar ganz ohne Zweifel eine Seite an mir, die auch privat anspringt auf Ordnung, Systematik, Übersicht, Tüftelei, da ist ein Sammeltrieb, ein besonderes Auge, behaupte ich, für Objekte und ihre Aura, dafür, was diese Dinge verbindet, verbinden könnte untereinander, mit Menschen und mit Ereignissen. Und es drängt mich, manches von dem Vorgefundenen, Gesammelten mit anderen zu teilen, mich auszutauschen dazu, Aha-Erlebnisse zu haben, wenn mir unerwartet Zusammenhänge bewusst werden.

Aber da gibt es noch eine gänzlich andere Seite, unverzichtbar für mich wie ein Bissen Brot, nämlich die der einsamen kreativen Eruption mit Ventilfunktion, einer absolut ungesteuerten Entäußerung dessen, was offenbar auf einer tieferen Ebene angelegt ist in mir, ohne dass die Ratio großen Einfluss darauf hätte. Das muss sich dann über Pinselstriche Bahn brechen, und ich komme mir dabei fast mehr wie ein Medium als wie ein Urheber vor.

Was nach dem von mir sehr geschätzten Urteil meines guten Freundes, des Gerichtspsychiaters, in meinem Fall für beide Seiten gleichermaßen gilt: Bis zu einem gewissen Grad haben sie etwas Zwanghaftes an sich, für sich genommen und in ihrem Zusammenwirken. Sie müssen auch beide ausreichend Platz haben in meinem Leben, sonst drohe ich aus der Balance zu geraten.

Die erste Seite, das haben Sie gesehen, findet im Amt reichlich Nahrung. Aber beileibe nicht nur dort. Die andere muss ich praktisch ausschließlich in der Freizeit ausleben. Ich habe mir nun gedacht, es macht vielleicht einen Unterschied für Sie, wenn Sie von dem, den Sie am Nachmittag in die Asservatenkammer begleiten werden, ein bisschen mehr Ahnung haben, wie er tickt. Ich weiß zwar nicht, was ein typischer Asservatenbeamter ist, was ich aber mit Sicherheit weiß: Ich jedenfalls bin keiner.

Brunngraber verräumt die ungeöffnete Mappe wieder, um Platz für sein alkoholfreies Weißbier zu schaffen, denn der Kellner steuert auf den kleinen Tisch zu. Wenn es Sie also wirklich nicht stört beim Essen, breite ich ein wenig vor Ihnen aus, was mich jenseits des Justizverwaltungsinspektors ausmacht.

Einigermaßen gut in Ihr Bild von einem wie mir dürfte, nehme ich an, auf den ersten Blick meine Stempelsammlung passen. Die Idee dazu ist mir gekommen, als der Computer Einzug hielt ins Amt und viele davon ihre Funktion verloren.

Zum Wohl, Brunngraber führt das Glas an den Mund und tupft mit der Serviette nach einem tiefen Schluck bedächtig den Bierschaum ab. Obwohl, fährt er fort, mein entscheidendes Stempelerlebnis, die Initialzündung sozusagen, hatte ich schon weit früher. Ich war gerade fünfzehn damals, neugierig, begeisterungsfähig, unglücklich und ziemlich naiv, als bei uns im Gymnasium, mit dem mich sonst vorwiegend üble Erinnerungen verbinden, etwas für mich im Resultat geradezu Sensationelles passierte. Da wurde doch glatt eine Ausstellung mit dem an sich wenig attraktiven Titel *Fünf bildende Künstler aus der Region* präsentiert. Mein Gott, was darf man sich da schon erwarten?

Ohne Übertreibung, was ich dann tatsächlich zu sehen bekam, das hat mein Leben auf Dauer verändert. Objektkästen, Materialbilder, wilde Skulpturen und gewagte Zeichnungen, die anscheinend völlig losgelöst von allem Zuordenbaren existierten, existieren durften. Und das in den leicht heruntergekommenen, engstirnig zweckgerichteten heiligen Hallen unserer Schule! Unfassbar. Ich bin immer wieder entgeistert vor diesen Dingern gestanden, mit offenem Mund wahrscheinlich. Den Katalog besitze ich noch heute, er ist und bleibt mir eines der allerwichtigsten privaten Überführungsstücke.

Was das mit meiner Stempelsammlung zu tun hat, fragen Sie sich jetzt bestimmt. Ganz einfach: Einer der fünf Künstler hat in diesem Katalog hinten neben seiner Vita einen Rundstempel angebracht, und zwar nicht einfach mitgedruckt, sondern in jedem einzelnen Exemplar original. Einen knallroten, bei mir an einer Stelle leicht verwischten Rundstempel mit dem knappen Text: *BOTSCHAFT AN JEMANDEN.*

Dieser Jemand war eindeutig ich. Niemand sonst, durchfuhr es mich, konnte damit gemeint sein. Und ich hatte sie verstanden, die Botschaft, was heißt verstanden, es war eine Offenbarung. Ich durfte den Mann übrigens dann auch kennenlernen, er hat mich Würstel ernstgenommen, und um mich war's geschehen. Doch dazu später.

Stempel, und zwar schon die hundsgewöhnlichen aus dem Amt und seiner bürokratischen Umgebung, nicht nur poetische Sonderanfertigungen wie die aus dem Ausstellungskatalog: Sie beinhalten allesamt Kürzestbotschaften, oft genug in barschem Befehlston, die, ist man empfänglich dafür und schält man sie behutsam aus dem engen Korsett ihrer Alltagsfunktion, zum Fortspinnen anregen, besonders wenn man, wie ich es zu tun pflege, mehrere davon spielerisch verknüpft.

Sie müssen sich vorstellen, bei mir daheim lagert mittlerweile eine ganze Schuhschachtel davon, ich sage nur: Flohmarkt. Es kommt manchmal vor, dass ich drei blind herausgreife und einem leeren weißen Blatt aufdrücke. Dann steht da zum Beispiel *DAUERND AUFZUBEWAHREN!* und *ORIGINAL* und *EILT SEHR!*

Spüren Sie die Verlustängste, die aus dieser Zufallskombination sprechen, die Hektik, hoffentlich gerade noch in Sicherheit bringen zu können, was einem wer wegzunehmen, was abhanden zu kommen, vernichtet zu werden droht, eines der vermutlich letzten Originale nämlich? Aber um welche Art von Original könnte es sich dabei handeln? Um einen aufwendig verzierten gusseisernen Pumpbrunnen aus dem Jahre Schnee oder um ein seltenes dunkelgrünes Bakelitwandtelefon aus den Fünfzigern? Gar um einen leibhaftigen, noch gegenwärtigen Menschen, der einen aussterbenden Beruf ausübt, um einen der letzten Schrankenwärter vielleicht? Fragen über Fragen.

Oder es steht da meinetwegen lapidar *AUSGESCHIEDEN* und *ERLEDIGT* und *ZUR KENNTNISNAHME!* Schön brutal, nicht? Zu so einer Kombination schwebt mir sofort ein älterer, unrentabel gewordener, mit einem Federstrich abgebauter Arbeitnehmer vor, der in dieser Sekunde Bescheid erhält und völlig von den Socken ist.

Einmal habe ich, nein, das gibt's jetzt nicht, da fange ich gerade zu reden an von ihm, und schon tritt er auf. Brunngraber winkt einem freundlich nickenden Herrn mittleren Alters zu, der den Mantel abgelegt hat und sich an einen der Fenstertische setzt, wo noch ein freier Platz zu finden ist. Das da drüben ist Doktor Willibald Siebenbürger, der Gerichtspsychiater, mein Gerichtspsychiater, wie ich es besitzergreifend mit Vorliebe ausdrücke.

Gerade wollte ich Ihnen nämlich von dem Selfie erzählen, das ich auf meinem Dachboden von mir machte, nachdem ich mir den *ENTWURF*-Stempel mitten auf die Stirn zwischen die nach oben züngelnden buschigen Augenbrauen gedrückt hatte. Ich, der sich, ein wenig eitel, wie ich bin, ganz gern ablichten lässt, wenn's passt, aber nicht von mir selbst, habe eine Ausnahme und eine Aufnahme gemacht und das dämliche Foto an jenem Abend, an dem ich grundlos schlechter Dinge war, ohne weiteren Kommentar dem Willi geschickt, in der Hoffnung, mich deutlich genug ausgedrückt zu haben.

Keine halbe Stunde später erreichte mich, ebenfalls kommentarlos, seine Antwort. Der Herr Doktor Siebenbürger dürfte gegoogelt haben und schloss mir digital einen praktischen Aufkleber in Leuchtfarben bei, den es billiger gibt, wenn man gleich tausend Stück davon bestellt: *VORSICHT ZERBRECHLICH! VOR DRUCK UND NÄSSE SCHÜTZEN!* Mir sind tatsächlich die Augen feucht geworden.

Wieder nähert sich der Kellner, diesmal mit den Speisen. Brunngraber breitet die Stoffserviette auf seinem Schoß aus, rückt das Besteck zurecht. So viel zu meiner angewandten Stempelsammlung und zur Sensibilität meines Psychiaters. Jetzt aber guten Appetit, lassen Sie es sich bitte schmecken.

Inzwischen ist die Sonne herausgekommen. Sie gleißt, unterstützt vom frischen Schnee, durch die breiten Fensterfronten ins Innere des Restaurants. Schauen Sie, wie ärmlich auf einmal das Kunstlicht wirkt, meint Brunngraber nach einer kleinen Pause. Und ein paar Bissen später ergänzt er: Eine Viertelstunde Verdauungsspaziergang nach dem kulinarischen Auftanken muss im Winter immer drinnen sein bei mir, gegen die Müdigkeit und damit ich nicht völlig vergesse, wie sich das Tageslicht anfühlt.

Brunngraber streut während des Essens die eine oder andere beiläufige Bemerkung ein, hält sich aber einstweilen damit zurück, sein Anliegen zu vertiefen. Erst vor der Nachspeise kommt er wieder darauf zu reden.

Von meiner Stempelkollektion zu den Soloabenden, mit denen ich seit vielen Jahren unterwegs bin, ist es in meinem Kopf nur ein Katzensprung. Denn die Programme, die ich dafür zusammenstelle, sind ja auch nichts anderes als mir schlüssige Verknüpfungen von einzelnen Texten, im Vergleich deutlich längeren natürlich als bei der extremen Stempelverdichtung.

Und meine Rezitationsveranstaltungen gäbe es nicht ohne das Büchermeer auf dem ausgebauten Dachboden, der vom Platzbedarf her eindeutig größten Sammlung, die ich mein eigen nenne.

Begonnen hat auch in diesem Fall alles im bereits erwähnten Gymnasium. Ich war achtzehn, in der Schule ein wahres Prachtexemplar von einem Versager, sonst erstaunlicherweise hellwach und umtriebig, unter anderem als freiwilliger Sanitäter beim Roten Kreuz für eine müde Mark in der Stunde. Dadurch erfuhr ich von einer vietnamesischen Flüchtlingsfamilie, schon damals gab es boat people, Mann, Frau, ein halbes Dutzend Kinder, die man bei uns in der Stadt notdürftig untergebracht hatte. Es war heiß, Anfang Juli, und die hatten in ihrem dunklen Altstadtloch nicht einmal einen Kühlschrank.

Da entschloss ich mich spontan, und spontan habe ich mich in meinem Leben weiß Gott oft entschlossen, da entschloss ich mich also spontan, das Angenehme mit dem Nützlichen zu verbinden. Wobei: Dass es angenehm werden würde, war alles andere als ausgemacht. Zunächst war es bloß riskant. Das für die Flüchtlinge Nützliche war jedenfalls zuerst da in meinen Überlegungen, möchte ich zu meiner Ehrenrettung betonen, ganz eindeutig: So ein blöder Kühlschrank, das müsste sich doch machen lassen, hatte ich mir nämlich gedacht.

Wenn ich unter den etwa Gleichaltrigen der Kleinstadt ein Alleinstellungsmerkmal hatte, das mir in der Klasse, bei den Pfadfindern, im Jugendzentrum, im Freibad oder später im Wirtshaus einige Anerkennung eintrug, dann als eine Art Pausenclown, als Nachwuchs-Unterhaltungskünstler, könnte man es hochtrabend ausdrücken, als Sketchreproduzent, als Deklamator von humorigen, manchmal sogar tiefsinnigen Versen, die ich zumeist auswendig kannte und, je nach Bedarf, mit gesichtsakrobatischen Einlagen garnierte.

Vor diesem Hintergrund kam ich auf den rückblikkend einigermaßen verwegenen Gedanken anzufragen, ob ich für eine Kühlschrankbenefizveranstaltung, die ich *Valentinsabend* nennen wollte, eventuell die Aula des Gymnasiums zur Verfügung gestellt bekommen könnte. Es gab wider Erwarten sofort grünes Licht, ich verständigte die Lokalpresse, Plakate und Flugzettel finanzierte ich selbst, hängte und legte sie überall auf und harrte der Dinge, die mir da bevorstehen würden.

Und siehe da, im Begriff, noch im selben Sommer erneut kläglich an der Versetzung zu scheitern und das Gymnasium verlassen zu müssen, feierte ich mit meinem Karl-Valentin-Programm samt vorsorglich vorbereiteter Ringelnatzzugaben ausgerechnet an der Stätte fortgesetzter schulischer Leiden einen regelrechten Triumph, der Saal quoll über, die Spendenbox ebenfalls, die Leutchen aus Vietnam konnten sich freuen, und ich freute mich detto. Der große Kühlschrank ließ sich mit den unerwartet hohen Einnahmen gleich noch ordentlich befüllen, und selbst meinen Aufwand für die Bewerbung spielte der Abend mühelos ein. Heute nennt man so was eine Win-win-Situation.

Sogar das Provinzblatt fand Platz für eine ausführliche Besprechung und bescheinigte mir, trotz meiner Jugend ein meisterhafter Interpret valentinischer Skurrilitäten zu sein und, nachträglich zum neunundneunzigsten Geburtstag des Meisters, ein Feuerwerk pittoresker Szenen und Monologe gezündet zu haben.

Pittoresk, dieses Adjektiv ist vorgekommen in dem Artikel, das weiß ich noch genau, weil ich mich darüber wunderte, wie meine geheime Malleidenschaft sich in meinen Kleinkunstversuchen Bahn gebrochen haben mochte. Kann aber auch sein, dass da jemand mit einem Fremdwort gewuchert hat, das ihm selbst nicht ganz geläufig war. Egal, der Anfang war jedenfalls gemacht.

Brunngraber nascht vom Panna-Cotta-Dessert im Glas. Auch ein Gedicht, urteilt er und fährt sich mit der Zunge über die Oberlippe. Inzwischen bin ich als gefragter Rezitator fast im gesamten Bundesgebiet zu Gast gewesen, wiederholte Male auch in Österreich und der Schweiz. Von meinen Auftritten gibt's Mitschnitte auf CD, und auch in Rundfunk, Film oder Fernsehen komme ich gelegentlich in der zweiten oder dritten Reihe vor. So wurde ich zum Beispiel schon als inquisitorischer Mönch, als querulatorischer Wissenschaftler oder als suizidgefährdeter Messerfetischist besetzt. Als Darsteller scheine ich mich besonders für problematische, zwielichtige Charaktere zu eignen.

Was das Rezitieren anlangt, bediene mich zum Beispiel bei Größen wie Kurt Tucholsky und Karl Kraus, bei Oskar Maria Graf und Egon Friedell, Erich Kästner und Stefan Zweig, Anton Kuh und Peter Altenberg, aber auch bei weniger prominenten, oft noch lebenden Autoren, manche davon aus der näheren Umgebung und mir persönlich gut bekannt. Es gibt abendfüllende Goethe-, Heine- und Nestroy-Programme, aber auch Schräges wie ein in Teilen zur Quetschen sogar gesungenes Schlagertextpotpourri mit Heftigkeiten der Fünfziger und Sechziger sowie eingestreuten Nachrichten über auf eine andere Weise heftige zeithistorische Ereignisse von damals, die einen weiters nicht kommentierten Kontrapunkt zum Schmalz bilden.

Ich möchte ganz einfach halbwegs intelligent unterhalten. Es soll den Leuten, die zu mir in die Vorstellung kommen, gut gehen, sie haben es verdient. In vielen meiner Programme lege ich großen Wert darauf, dass befreit gelacht werden kann. Ich mag's nun einmal gern komisch, komisch mit einem gehörigen Schuss Absurdität, Abgründigkeit, wenn's geht. Kein

Bruhaha-Humor, eher die feine Klinge. Kennen Sie zum Beispiel das schöne Gernhardt-Gedicht vom Glück, das durch die Gegend humpelt, weil ihm die Trambahn drei Zehen abgefahren hat? Das sich von einem mäßig Mitfühlenden *Pech gehabt!* sagen lassen muss? Sachen in dieser Art.

Weltberühmt bin ich freilich nur in der nächsten Umgebung, in einem Umkreis von vielleicht dreißig, vierzig Kilometern, aber ich habe mir, wie gesagt, auch in verschiedensten fernen Gegenden treue Veranstalterstützpunkte erworben, wo ich immer wieder gebucht werde.

Mehrmals gastierte ich etwa erfolgreich bei der Pfeffermühle in Leipzig, wo ich der Volkszeitung nie vergessen werde, mich als Mimikmonster bezeichnet zu haben. Natürlich nicht, weil ich nachtragend bin, sondern weil ich mich köstlich amüsierte über dieses Wort. Mimikmonster!

Eines Tages ereilte mich ein überraschender Anruf von den Pfeffermühlmenschen, ob ich Zeit und Lust hätte, in Zürich aufzutreten. Der Verband Schweizerischer Schreinermeister habe einen sächsischen Kabarettisten engagieren wollen, aber der sei nicht verfügbar gewesen, man habe stattdessen mich empfohlen. Die Gage stimmte, ich sagte also zu und durfte mich im fensterlosen Nebenzimmerchen des prächtigen Saals in jenem erstklassigen Hotel, das die Innung für ihre Jahrestagung ausgesucht hatte, auf meinen Auftritt einstimmen. Nach den vermutlich anstrengenden Erörterungen über Wohl und Wehe ihres Berufsstandes schmausten draußen inzwischen die Schreinermeister und dürften dabei reichlich dem Alkohol zugesprochen haben. Weil sie sich offenbar auch privat viel zu erzählen und großen Durst hatten, kämpfte ich vergeblich gegen meine Müdigkeit an und döste zwischen Reservestuhlstapeln und Ersatztischen schließlich ein.

Unsanft aus meinen Träumen gerissen, stand ich viel später als vereinbart auch schon vor dem verdauwilligen Publikum, das für Satirisches und absurde Komik an diesem fortgeschrittenen Abend nur bedingt Verständnis aufbrachte, wo es sich doch ohne dieses Zeugs längst ausgezeichnet unterhielt. Eine zähe Angelegenheit mit einem Wort.

Dass ich nicht in der Nobelherberge nächtigen würde, war mir schnell klar geworden. Einer aus der Schreinerzunft fuhr mich schließlich zu mitternächtlicher Stunde wortkarg zu meiner Unterkunft außerhalb des Zentrums. Komplett finster war's dort um diese Zeit, aber er hatte den Schlüssel und schien sich auszukennen. Wenigstens war das Zimmer geräumig und das Bett, in das ich todmüde fiel, tadellos.

Am frühen Morgen reißen mich wahrhaft schneidende Geräusche aus dem Schlaf. Der Raum ist sonnendurchflutet. An der breiten, bis zum Zimmerboden reichenden und nur dürftig von einem nahezu durchsichtigen Vorhang abgeschirmten Fensterfront bewegen sich auf derselben Ebene in drei Metern Entfernung Menschen vorbei, der eine oder die andere wirft einen Blick auf, ja worauf eigentlich? Langsam begreife ich, dass ich im Schauraum eines Möbelherstellers übernachtet habe.

Ich stürze im Schlafanzug durch die Tür in den Flur und Richtung Lärmquelle: Tatsächlich, eine Schreinerwerkstatt im Vollbetrieb. Und ein seriöser bayerischer Asservatenbeamter auf Abwegen im Pyjama mitten unter emsigen Zürcher Schreinergesellen, die ihn verständnislos anstarren und sich eine Erklärung erwarten, obwohl er nur Fragezeichen zu bieten hat.

Irgendwie so wie damals in dieser Werkstatt, resümiert Brunngraber, stehe ich im Leben. Als komischer Fremdkörper, wenn Sie so wollen, trotz seriöser Tarnung. Zuweilen deplaziert, oft im Erklärungsnotstand, voller Fragezeichen und Skrupel, gleichzeitig hungrig nach Antworten und auch wieder nicht, weil ich ihnen allzu oft misstraue. Mit meinem Faible für Schräges, Absurdes, Abgründiges, das die schräge und absurde Welt am Abgrund kenntlicher macht als viele gescheite Erläuterungsversuche. Dabei keineswegs unglücklich und, mit gewissen Ausnahmen, der Letzte, der sich verkriechen will. Im Gegenteil.

Er löffelt das Dessert aus und meint, es sei langsam an der Zeit, die Arbeit wieder aufzunehmen. Nur noch einige Worte zu jener Seite meines Ichs, die sich sehr wohl verkriechen und am liebsten in vollkommener Weltvergessenheit, wie ich das gern nenne, Formen und Farben nachhängen mag. Dieser Teil von mir gerät nie in einen Erklärungsnotstand, weil es da nichts zu erklären gibt, und es gibt auch überhaupt nichts zu fragen.

Die reinste Beglückung, wenn ein tiefes Krapplackdunkel aufs leuchtende Chromgelb trifft und aufs satte Kadmiumorange. Das Indigomeer, die Karmesinkraft, böhmisches Erdgrün. Bis in die Pinselborstenspitzen reicht der Spannungsbogen vor dem Loslegen, die Rohrfeder zittert schon, und der Tintenstift wartet voll Ungeduld aufs Eintauchen ins Wasser, das Aquarellpapier liegt neugierig bereit.

Einziges Kriterium für das, was jetzt kommt: Gelingt es, oder gelingt es nicht? Kann ich meinen Gefühlen eine gültige Form aus intuitiv gezogenen Strichen, Linien geben, schaffe ich's, die zwingend nötigen Farbkombinationen zu ermischen oder den vorhandenen Platz automatisch richtig aufzuteilen zwischen Spannungsfeldern und Leerräumen, zwischen Federleichtem und Steinschwerem, einer Komposition gehorchend, die ich niemals plane? Bringe ich es nicht zustande, bin ich ganz brutal mit der Schere zur Stelle und zerschneide das Bild. Eine zweite Chance am Tag danach bekommt es nicht.

Vielleicht verwerfe ich es nicht ganz, hebe Fragmente auf, die ich nicht verloren geben möchte, verlege mich deshalb auf behutsame Ausrisse statt auf endgültig zerstörende scharfe Schnitte und bastle später einmal aus solchen, oft Äonen auseinander liegenden Bruchstücken, wenn es sich fügen lässt, Collagen, überführe also misslungenes Altes in andersartig Neues, für mich Gelungenes.

Dem gehen natürlich abenteuerliche Entdeckungsreisen in meinem asservierten Fragmentdschungel voran, im günstigsten Fall gekrönt von der Wollust unerwarteten Aufspürens anregender Details, die mir einen Brückenschlag ermöglichen. Da arbeitet dann der meinetwegen kaum dreißigjährige Oskar Brunngraber mit dem über fünfzigjährigen einträchtig zusammen, nicht von langer Hand geplant, wie gesagt, sondern wenn sich's spontan ergibt. Und die beiden fragen einander manchmal ernsthaft, sind sie letztlich einer und derselbe oder doch nicht.

Den Umfang meiner Fragmentsammlung können Sie sich nicht annähernd vorstellen. Und die wiederum ist ein Klacks im Vergleich zur Anzahl fertiger Arbeiten, die ich, datiert und signiert, in mehreren Bilderschränken mit zahllosen Fächern chronologisch geordnet verwahre, bis ich sie irgendwann oder nie verkaufe, in Einzelfällen auch verschenke, wenn mir danach der Sinn steht.

So eng liegt das nämlich beieinander: Entgrenzte Bilderserien aus dem wuchernden Ateliereck meines

Dachbodens, wo es fast so chaotisch ausschaut wie dereinst beim genialen Francis Bacon, werden vom anderen Ende meines Ichs nach dem Trocknen fein säuberlich archiviert. Bei allem Ungestüm, aller Wildheit sind sie doch Ausfluss einer leidenschaftlichen Konzentration, Resultat eines intensiven Formwillens und einer beglückenden Kraftanstrengung.

Ihr Adressat bin zunächst einmal ich, keine Frage. Das war von allem Anfang an so. Als ich mit fünfzehn die erwähnte BOTSCHAFT AN JEMANDEN empfing, lautete sie etwa so: Du spürst längst, dass es da etwas auszudrücken gibt, das in dir vor sich hin brodelt. Schau dich doch um in dieser Ausstellung und kapiere, du darfst es, niemand kann es dir verbieten, ohne jede Rücksicht auf Verluste darfst du es, nur zu, worauf wartest du, los geht's. Und mit den Jahren habe ich registriert, dass ich auf diese Weise tatsächlich, was für ein scheinbarer Widerspruch, so etwas wie Ordnung in mein verwirrtes Leben gebracht habe.

Der Botschafter, dem ich das alles verdanke, ist selbst der beste Beleg fürs lustvolle Ärmelaufkrempeln trotz schlimmster Widrigkeiten, wobei das mit dem Ärmelaufkrempeln in seinem Fall fast geschmacklos klingt. Er hätte freilich sicher herzhaft gelacht über die Formulierung. Seine Eltern hatten ihn einst erfolgreich vom Vorsatz abgebracht, Künstler zu werden. Also machte Heinrich, Sie sehen, wie eins sich ins andere fügt, eine Schreinerlehre. Mit zweiundzwanzig stolperte er und geriet mit dem rechten Oberarm in die Kreissäge.

Der verlorene Arm sollte zu seinem lebensentscheidenden imaginären Überführungsstück werden, denn aus dem unfreiwilligen Schreinergesellen wurde auf diesem schmerzlichen Umweg doch noch ein bekannter Maler und trotz der schweren Behinderung sogar ein Bildhauer. Heinrich war ein unverwechselbarer, liebenswerter Mensch, der leider verhältnismäßig bald, nachdem ich ihn kennenlernen durfte, auf Dauer in die flache nördliche Landschaft von Worpswede mit ihrer großen Tradition verzog. Vor ein paar Jahren ist er dort gestorben.

Ich schrieb ihm schon während der Ausstellung im Gymnasium mit Verweis auf seinen Stempel einen überschwenglichen Brief und deutete mit unbeholfenen Worten an, nun selbst erste malerische Versuche auf dem neuen Terrain angestellt zu haben, befreiende Akte rücksichtslosen Zumirkommens. Heinrich, damals Anfang vierzig, antwortete sofort und lud mich in sein Atelier ein. Dort empfing mich das Paradies, jedenfalls empfand ich es so, ein sinnlicher Wohlfühlort mit zahllosen Anknüpfungs- und Anhaltspunkten, aber vollkommen frei von Rechtfertigungszwängen.

Heinrich war der erste, dem ich meine Bilder zu zeigen wagte, und er machte mir Mut, munterte mich auf, ja nicht den Biss zu verlieren. Scheinbar beiläufig gab er mir auch den einen oder anderen technischen Hinweis, nie belehrend und von oben herab.

Vor allen Dingen aber lebte er mir überzeugend vor, dass etwas anderes als widerspruchsloses Sich-Einfügen möglich war, dass es nicht verbiestern musste und Räume öffnen konnte, in die vorzudringen mir jenes prickelnde Lustgefühl bescheren sollte, das ich jeglichem Abenteurertum zuschrieb, dem wagemutigen Betreten von Neuland, wenn es auch nur meiner Jugend und meiner mangelnden Bildung zuzuschreiben war, dass ich nicht gleich bemerkte, wie viele vor mir dort längst ihre Spuren hinterlassen hatten.

Schon bei meinem zweiten Besuch schenkte Heinrich mir eine seiner Graphiken, merkwürdigerweise keine von den schrägen, bunten, provokanten, mit Text vermengten, wie er sie in der Ausstellung präsentiert hatte, sondern eine recht stille, auch farblich zurückgenommene Arbeit, allerdings mit einem weiten Horizont, an dem ich sanfte Meereswellen erkennen wollte. Im Vordergrund breitet sich stilisiert dichtes Riedgras aus und dahinter der leere Strand. Den Zyklus, aus dem das Blatt stammte, nannte er ungewohnt traditionell *Wiesenstücke*. Er signierte es vor meinen Augen und fügte auf der Rückseite nun doch einen Satz an, dem ich erst viel später Bedeutung zumaß: *Kunst ist Erkenntnis und Lehre von Gründen.*

Das klang nun alles andere als sinnlich. Dem Fünfzehnjährigen, der sich Erkenntnis aus gescheiten

Büchern versprach und ausschließlich mit Denkleistungen in Verbindung brachte, war der Begriff *sinnliche Erkenntnis* noch nicht begegnet. Dass sich bedeutende Köpfe mit der Frage beschäftigt hatten, ob es sich dabei nicht doch um mehr als eine primitive Vorstufe im erkenntnistheoretischen Gebäude handeln mochte, der Jugendliche, der ich war und der an jenem Tag mit Heinrichs Blatt in der Mappe eigener Versuche beglückt heimradelte, dieses gerade erst gewesene Kind hatte mit solchen Überhöhungen nicht das geringste am Hut.

Heinrich hat, bin ich heute überzeugt, den Satz nicht dem, der ihm da gegenübersaß, ins Stammbuch geschrieben, sondern dem, der vielleicht einmal aus ihm werden sollte. Sofern er bei der Sache bleiben und die Radierung bis dahin nicht verschlampen würde. Ich besitze sie selbstverständlich noch, das *Wiesenstück* begründete meine eigene Kunstsammlung, wenn ich, was ich mir auf diesem Gebiet leisten konnte, überhaupt großspurig als Sammlung bezeichnen kann. Mit den Stempeln zum Beispiel kann sie es quantitativ bei weitem nicht aufnehmen.

Zahlen bitte! ruft Brunngraber dem Kellner zu. Es wäre mir eine Freude, Ihre Rechnung übernehmen zu dürfen, nicht nur, weil Sie mir so geduldig zugehört haben. Von meinen Auftritten und vom Malen muss ich Gott sei Dank nicht leben, das wäre nichts für mich. Nie hat mich wer gemanagt, alles hat sich irgendwie ergeben, durch Mundpropaganda, Zufälle, Zeitungsartikel über mich und meine Auftritte, durch meine Ausstellungen, was weiß ich.

Ich habe im Laufe der Zeit vor allem gelernt, mir zuzutrauen, was mir andere zutrauen. Scheitere ich halt im schlimmsten Fall grandios, was soll's. Da lud mich vor einiger Zeit etwa ein hochprofessionelles Quartett von Jazzern zu einem Gastauftritt als Sänger ein, weil einer von ihnen mich augenzwinkernd alte Schlager zum Besten geben gehört hatte, und nach nur zwei Proben riskierte ich's mit viel Herzklopfen einfach, mich von ihnen für drei Nummern auf die Bühne bitten zu lassen. Wunderbar war's.

Es gibt in der Nähe eine baulich wenig attraktive evangelische Kirche aus den fünfziger Jahren des letzten Jahrhunderts, deren ursprüngliche Wanddekoration radikal ausgeräumt wurde, um Platz für eine Gestaltung durch mich zu machen. Ein großes, schmales Triptychon für den Altarraum habe ich da geschaffen, viel Gelb, viel Orange, viel Violett, schwarze Linien, für die Seitenwände ist eine ganze Serie von Tondi entstanden, eine Bildform, an die ich bis dahin nie gedacht hatte, die einer Facette meines Zugangs zum Malen aber erstaunlich entgegenkommt: Kein Anfang, kein Ende, kein Oben, kein Unten, aber eine Ausgewogenheit. Kurz habe ich sogar damit geliebäugelt, den kreisrunden Platten mit meinen darauf affichierten Arbeiten eine Achse zu verpassen und die

Kirchengemeinde aufzufordern, sie nach Gutdünken um diese zu drehen.

Und warum das alles? Weil ein Pfarrer bei meiner Vernissage aufkreuzt, mit den Fingern schnippt und meint, dieses Maß an Abstraktion, diese Harmonie und Farbenfreude in ihrer Zweckfreiheit würden ihm als Schmuck für sein Gotteshaus vorschweben, um den Glaubenskundgebungen eine helle, freundliche Umgebung in der Schwebe zu bescheren. Malerei ohne Erdenschwere sei das, hat er gemeint. Ob ich an Gott glaube, hat er mich nie gefragt.

So wie ich mich nie gefragt hatte, was an sich auf der Hand liegt: Ob nämlich ein geglücktes Kunsterlebnis für Empfängliche etwas Transzendierendes an sich haben, in eine Ahnung des Nicht-von-dieser-Welt überführen kann. Natürlich ist das so, viele erleben es, aber dass jemand das ernsthaft *meinen* Bildern zutraut, auf diesen Gedanken wäre ich im Leben nie gekommen. Die sollten nach meiner Absicht vielmehr bloß aus mir heraus oder in mich hinein führen.

Erst langsam habe ich lernen müssen zu akzeptieren, dass sie sich, Absicht hin oder her, ohne Abstimmung mit mir erdreisten, für sich selbst zu sprechen. Und zwar ganz wörtlich: Sprechen, weil sie sprechen wollen, eine Kommunikation zum Betrachter aufbauen, in ihrer eigenen sprachlosen Sprache. Mir ist längst klar, dass ich ihnen nicht dreinreden darf, dass sie unterschiedlichen Leuten

Unterschiedliches sagen, sofern die dafür offen sind, den anderen sagen sie nix.

Stimmt schon, meint Brunngraber und lässt sich auf die Geldscheine nichts herausgeben. Ja, es stimmt schon, wendet er sich wieder seinem Gegenüber zu, jetzt stimmt im großen und ganzen alles. Aber das war nicht immer so.

Ach Gott, zu dumm, die Mappe, jetzt rede ich dauernd von Mappen und habe prompt auf sie vergessen. Ich habe Ihnen nämlich ein paar meiner kleinformatigen Arbeiten mitgebracht, damit Sie sich ein echtes Bild machen können, falls Sie das möchten. Stattdessen löchere ich Sie die ganze Zeit mit meinen Wortkrücken.

Viel lieber würde ich, ehrlich gestanden, mit Ihnen jetzt auf meinen Dachboden abbiegen, statt hinunter in die Asservatenkammer zu stiefeln. Bei ihnen wird es umgekehrt sein. Brunngraber kramt nach der blauen Mappe, legt sie auf den Tisch und steht auf. Werfen Sie bitte trotzdem zumindest einen kurzen Blick hinein, ich gehe kurz rüber zu meinem Psychiater. Bin gleich wieder da. Und dann sind wir weg.

III

Für einen Asservatenbeamten muss alles, was da herunten sorgfältig deponiert wird, absolut gleichwertig sein, erklärt Brunngraber, als das Neonlicht angeht. Das ist jedenfalls mein, wenn Sie so wollen, klassenloser, demokratischer Zugang zu der Sache, und ich muss gestehen, mir gefällt das. Was zählt, ist einzig die schiere Existenz eines Überführungsstückes, vom praktischen Standpunkt aus vielleicht noch, dass es mühelos wieder aufgefunden werden kann unter vielen Tausenden. Punkt.

Aber ob es sich dabei konkret um einen hundsgemeinen Elektroschocker im Taschenlampenform handelt oder um eine schmucke Marihuanareibe im Rastadesign-Etui voll entsprechender Anhaftungen, um eine hübsche DVD aus der Überwachungskamera, mit einem sogenannten Wegfahrer, also einem Tankpreller, als unfreiwilligem Hauptdarsteller samt deutlich sichtbarer, allerdings gestohlener Kennzeichentafel in einer wichtigen Nebenrolle, oder meinetwegen um eine justizseitig hinterfragenswürdige komplizierte Krankengeschichte, um eine scheinbar sündteure, aber leider gefälschte Markenuhr oder um eine zweckentfremdet verwendete abgenutzte Bratpfanne mit deutlichen Beulen und einem vermutlich seit der gerichtsanhängigen möglichen Straftat abgebrochenen Holzgriff, es ist alles eins für mich. Und selbst echte Juwelen oder dubiose Picassos kriegen keine Vorzugsbehandlung.

Brunngraber hat den gar nicht so leicht manövrierbaren, schwer beladenen Tischwagen mit seinen beiden untereinander angeordneten Plattformen vor sein halbleeres Pendant geschoben, das am Ende des breiteren, dafür kürzeren der beiden Gänge gegenüber der mehrfach gesicherten Tür steht. Er zieht ein kariertes Stofftaschentuch aus der Hose, tupft sich die Schweißperlen von der Stirn und atmet erst einmal durch.

Über das Flurlabyrinth und mittels eines geräumigen Transportlifts war er in den Keller gelangt, wo ihn wie immer eine besondere Herausforderung erwartete: Zwischen den Altbauteilen des Justizzentrums und dem Erweiterungskomplex besteht nämlich ein deutlicher Niveauunterschied, der durch eine Rampe überwunden wird. Brunngraber kann sie, sagt er, als bekennender Nichtsportler nur mit reichlich Anlauf bewältigen, und es ist schon öfter vorgekommen, dass er, in irgendwelche Gedanken vertieft, nicht ausreichend Schwung mitgenommen hat, auf halber Höhe samt seinem störrischen Gefährt vorläufig den Rückzug antreten musste und die lange Schräge erst beim zweiten Versuch bewältigen konnte.

Platz gibt es, wie Sie sehen, wahrlich nicht im Überfluß hier, knapp hundertvierzig Quadratmeter ist sie alles in allem groß, die Asservatenkammer der Staatsanwaltschaft. Dazu kommt diese bedrückend niedrige Decke, das furchtbare Licht. Bunkerartig, nicht? Und natürlich das spezielle Aroma. Ich habe Sie gewarnt, keine leichte Riechkost so kurz nach dem Mittagessen. Sie sagen es mir hoffentlich rechtzeitig, falls Ihnen schlecht wird.

Vor ein paar Wochen habe ich den Herrn Hausmeister hier zu Gast gehabt, routinemäßig waren die Rauchmelder zu überprüfen. Jesus, Maria und Josef, hat er sich gleich in der Tür um allerhöchsten Beistand bemüht, bei dir stinkt's ja wie in einem Hasenstall. Hab' ich ihm geantwortet, ein Hasenstall ist der reinste Parfümerieladen dagegen.

Eine beliebte Sorte Schnupftabak mit Mentholzusatz heißt *Gletscherprise*. In meiner Verzweiflung habe ich etliche Jahre regelmäßig darauf zurückgegriffen, um mein Riechorgan von den üblen Duftattacken in diesen Räumlichkeiten abzulenken, an sich mit zufriedenstellendem Erfolg. Schon vor dem Aufschließen habe ich draußen im Flur ein ordentliches erstes Quantum eingesogen, und alles war halb so schlimm. Aber auf die Dauer kamen meine Nasenschleimhäute leider nicht klar damit.

Als behördlicher Monopolasservatenlieferant hat man sich natürlich permanent sauber ins Zeug zu legen, damit die betörende Miefmischung in ihrer Ausgewogenheit keinen Schaden nimmt oder gar zu schwächeln anfängt. Und deshalb bringe ich auch heute wieder ausgesprochen unappetitlichen Nachschub für das hieramtliche Mikroklima.

Da hat es nämlich dieser Tage ein meiner empfindlichen Nase gegenüber besonders rücksichtsloser BTM-Nahversorger vorgezogen, auf seiner halsbrecherischen Flucht vor der Polizei bei Temperaturen nahe dem Gefrierpunkt voll bekleidet in den Fluss zu springen. Samt seiner Ware natürlich. Genützt hat es ihm rein gar nichts, am gegenüberliegenden Ufer ist er bereits von einer anderen Streife erwartet worden, und zudem hat er sich eine saubere Unterkühlung zugezogen.

In meine Liste der Überführungsstücke musste ich daraufhin ordnungsgemäß eintragen: nasses Marihuana. Und gar nicht so wenig übrigens. Ein richtiges Geruchsschmankerl ist so etwas, kann ich Ihnen flüstern. Das wird da herunten dann fröhlich vor sich hin feuchteln.

Apropos feucht: Zu meinen muffelintensivsten sinnlichen Erinnerungsfetzen aus dem kürzlich verblichenen Kalenderjahr zählt eine ganze Kiste bestialisch stinkender Angelköder, die einem notorischen Schwarzfischer mitsamt den Ruten abgenommen wurde. Was Fische so alles zu fressen bereit sind, man macht sich keinen Begriff davon. Für mich hieß das, nur hereinspaziert in die Asservatenkammer, auch wenn da weit und breit keine Fische lauern. Und viel

Spaß beim Duften, denn selbst eine ganze Breitbandkleberolle hat nicht ausgereicht, die Verpackung dieser Stinkbombe ordentlich abzudichten.

Ganz ohne Viecher muss ich aber nicht auskommen in meinem olfaktorischen Paradies: Im Sommer kann es, kein Witz, tatsächlich passieren, dass mich hier, von weiß Gott welchen urigen Gerüchen angelockt, sogar ein kleiner, aber feiner Fruchtfliegenschwarm begrüßt. Alles schon dagewesen. Wie die es wohl da herein ins fensterlose Verlies schaffen? Durch den altersschwachen, vergeblich auf seinem Posten stehenden Ventilator, nehme ich an. Damit hat das Teil wenigstens für die Tierchen einen praktischen Nutzen.

Neben quicklebendigen hat's natürlich auch schon tote Tiere gegeben hier herinnen, und ich meine jetzt nicht solche vom Kaliber Kellerassel. Zum Beispiel ist mir noch lebhaft ein ausgestopfter, illegal geschossener Luchs mit seinen auffälligen Pinselohren und dem kurzen Schwanz in Erinnerung. So hoch ungefähr war der, imposant.

Das seltsamste tierische Verwahrstück aber, das je auf meinem Schreibtisch landete, dürfte wohl der präparierte dunkle Finger eines Orang-Utan gewesen sein, einem menschlichen nicht unähnlich, rötlichgolden behaart und ausgestreckt. Diese Kuriosität gehörte zum bemerkenswerten Beifang in der Causa eines Beschuldigten aus einer fernen Weltgegend, der, als er aufgegriffen wurde, neben größeren Mengen synthetischer Drogen auch etliche Peitschen in seinem Besitz hatte, in deren Lederriemen mit viel Aufwand kleine Muscheln eingenäht waren. Was soll man dazu sagen? Brunngraber belässt es bei einem Achselzucken. Dann steckt er das Schweißtuch wieder ein, das er während seiner gestenreichen Erläuterungen mehrmals von einer Hand in die andere wandern ließ, und macht sich an die Arbeit. Es gilt zunächst einmal, erklärt er, das eben Angelieferte richtig zu verteilen.

Weil ich gerade die paar verblichenen Kellerasseln erwähnt habe, die man wie alle anderen Formen von Schmutz auf dem unruhigen Terrazzoboden hier herunten leicht übersehen kann: Früher hatten wir fix angestelltes Putzpersonal, mittlerweile sind diese Tätigkeiten längst ausgelagert. Dementsprechend oft kriegen wir es mit neuen Leuten aus aller Herren Länder zu tun, die gewöhnlich schweigsam und zurückhaltend ihre Kreise ziehen im Haus.

Aber vor einer Weile hat eine richtige Vollblutreinigungskraft da in der Unterwelt das Zepter übernommen, anders kann ich es beim besten Willen nicht ausdrücken. Ich war gerade beim Weggehen aus dem Asservatenkeller, da stürzte sie auf mich zu und löcherte mich im unverfälschten Ureingeborenenidiom mit unmissverständlichen Fragen der Art: Wo geht's 'n do eigentli hi? Warum kimmt ma denn do ned eini? Wen sie um den Schlüssel für diesen einzigen unbeschilderten Raum angehen könne, wollte sie schließlich wissen, es müsse doch wohl auch hinter der geheimnisvollen schweren Tür mit keinem Hinweis auf gar nichts drauf von Zeit zu Zeit ordentlich saubergemacht werden.

Und damit hatte sie natürlich vollkommen recht. Notgedrungen gebe ich mich allerdings damit zufrieden, dass da herinnen lediglich zweimal im Jahr gewischt und gekehrt wird. Ich darf eine Putzfrau nämlich nicht mutterseelenallein werken lassen hier im Hochsicherheitstrakt, das versteht sich von selbst, und einer solchen gründlichen Dame bei ihrem segensreichen Tun jeden Monat oder so stundenlang tatenlos über die Schulter zu schauen, wenn ich einmal davon absehe, dass ich bei solchen Gelegenheiten alle meine Drehsterne hintereinander zum Rotieren bringen muss, dafür fehlen mir, muss ich gestehen, ganz eindeutig sowohl die Zeit als auch die Nerven. Dazu kommt beim derzeit diensthabenden Exemplar noch verschärfend ihr vorwurfsvolles Gezeter, ja nicht wieder so lange zu warten, weil das alles noch schlimmer mache. Das ist ja wie beim Zahnarzt.

Dabei müsste ich der guten Frau Kneidinger eigentlich dankbar sein. Sie erst hat nämlich meinen Blick für die Terrazzostrukturen des Kammerbodens geschärft und für die unzähligen perfekten Kompositionen, die es da zu entdecken gibt. Die geschliffenen und von der Raumpflegerin zum Glänzen gebrachten dekorativen Steinelemente in ihrem Betonbett warten nämlich mit den verschiedensten Farbtönen in unzähligen Abstufungen auf, schwarz, grau, braun, gelblich, rötlich, mit feinen Adern und bizarren Formen. Diese harmonische Vielfalt hat mich schließlich dazu verführt, von einigen beliebigen der quadratischen Platten mit meiner Spiegelreflexkamera Fotos zu machen. Daheim habe ich sie dann bearbeitet.

Das mit den Fotos ging ruckzuck und kostete den Dienstgeber so viel wie ein längerer Gang auf die Toilette. Die Bilder sollten bloß Ausgangspunkt für lustbetonte Dachbodentüfteleien sein, jenen Detailausschnitten, die mich ansprangen oder auf die ich ansprang, digitale Bilderrahmen aus dezenten schwarzen Linien zu verpassen. Zuhause bei mir ziert jetzt das große Poster einer solchen rahmenübersäten Terrazzoplatte die Flurwand im ersten Stock. Arrangiert wie in Erzherzog Leopold Wilhelms berühmter Brüsseler Galerie des siebzehnten Jahrhunderts, wo die Gemälde hinauf bis zur Decke dicht gedrängt über- und nebeneinander hingen, finden sich darauf an die zwanzig von mir entdeckte abstrakte Kompositionen, ausgewogen eine wie die andere, lebhaft oder meditativ, voll dunkler Ahnung oder fröhlich bewegt.

Stellen Sie sich bitte vor, meint Brunngraber amüsiert immer noch in der Hocke, in die er gegangen ist, um dem beschriebenen Boden näher zu sein, stellen Sie sich bitte vor, ich hätte Ihnen das jetzt ohne unser Gespräch bei Giovanni geoffenbart. Wie Sie da wohl reagiert hätten darauf? Sie müssen mir jedenfalls hoch und heilig versprechen, Frau Kneidinger kein Sterbenswörtchen davon zu erzählen. Die dürfte, glaube ich, längst schon Verdacht geschöpft haben, dass bei mir etwas nicht stimmt.

Ich wechsle zurück in meine Amtsidentität. Brunngraber richtet sich langsam auf, hält sich dabei an einem der Drehsterne fest und wendet sich wieder dem Transportwagen zu. Ohne die Schieberegalanlage, sagt er, die fast vier Fünftel der Grundfläche des Raumes einnimmt, wäre ich todsicher längst schon am Ende mit meinem Verwahrlatein. Diese Errungenschaft der neunziger Jahre ist schon außergewöhnlich praktisch, muss ich Ihnen sagen, und die nicht ganz unanstrengenden Drehsterne betrachte ich einfach als vom Dienstherrn freundlicherweise gratis zur Verfügung gestellte Fitnessgeräte. Genau wie meine vollgestopften Magazinwagen übrigens.

Was ich da gerade von dem einen auf den anderen umpacke, ist formell bereits dem Feuer überantwortet, Sie erinnern sich? Lauter bereinigtes Suchtgift von heute früh, bürokratisch sehr wohl vernichtet, aber eben noch nicht final. Dahinter auf der provisorischen Wagerlablage stapelt sich schon so einiges davon aus der letzten Zeit, und in schätzungsweise zehn, zwölf Wochen, wenn für alles zusammen die Maßeinheit Polizeibusfrachtraum erreicht sein wird, tritt es dann unwiderruflich seine letzte Reise an.

Auf der Ebene darunter, ergänzt Brunngraber, da lagern andere höchst sensible, im Verwaltungsprogramm bereits ausgetragene und damit ausgeschiedene Asservate, die für keine andere Entsorgung in Frage kommen als für die radikale der Müllverbrennung. Das können zum Beispiel beleidigende private Briefe sein oder meinetwegen Ausdrucke von Kinderpornos, verschiedenste Naziandenken und dergleichen mehr.

Zieladresse von einem beträchtlichen Teil der ehemaligen Verwahrstücke ist die Waffenverwertungsstelle des Landeskriminalamtes. Dort wird vom Gewehr bis zum Teleskopschlagstock und vom Würgeholz bis zu den Munitionsbergen alles zerlegt und verschrottet. Dem Herrn Hausmeister wiederum obliegt es, ihm von mir übergebenes weniger bedenkliches Zeug von geringem Wert der behördlichen Müllsortierung zuzuführen. Manchmal bedarf es dabei allerdings einer Zwischenstufe mit zerstörerischer Gewalt, etwa in Form des Vorschlaghammers, um, sicher ist sicher, eingezogene Computerfestplatten schon vor der Ablieferung bei der Spezialfirma zu zerstören.

Die Stahlrohrkonstruktion meines Transportwagenfuhrparks ist übrigens in der munteren Farbe *enzianblau* gehalten, so stand es jedenfalls seinerzeit im Bestellkatalog. Ein schillerndes Wort, an so was habe ich, gebe ich gerne zu, meine kindliche Freude. Aber meine Sprachvernarrtheit ist Ihnen wohl ohnedies schon aufgefallen.

Bei uns in Oberbayern gibt es, müssen Sie wissen, die älteste Enzianbrennerei überhaupt, weithin berühmt ist die. Wenn nun einer zu tief ins Enzianschnapsglas geschaut hat, kann man seinen Zustand doch mit einiger Berechtigung ebenfalls als enzianblau charakterisieren, nicht? Und in Verbindung mit der schier unüberschaubaren Vielfalt mehr oder weniger natürlicher wie synthetischer Drogen, die da, von Staats wegen unschädlich gemacht, in rauhen Mengen just auf einem enzianblauen Wagerl lagern, lässt sich trefflich über erlaubte und unerlaubte Betäubungsmittel philosophieren, über gesellschaftlich akzeptierte Rauschzustände und solche, die mit allerlei Strafen bedroht sind.

Beim großen Reggae-Open-Air im Sommer am See wird alljährlich auf Teufel komm raus gekifft. Gehört ja quasi dazu. Die Folge: eine wahre Anzeigenflut, und ich sitz' dann wieder tagelang da und archiviere am Fließband die Grasbrösel, oft sind das wirklich, für sich genommen, lächerlich geringe Quantitäten.

Szenenwechsel: Dorfkirtag, Bierzeltgaudi. Sternhagelvoll wanken ganze Heerscharen gesetzeskonform Illuminierter ungeschoren von dannen, etliche davon nur die paar Meter bis zum Feuerwehrparkplatz neben dem Festgelände, wo dann der fahrbare Untersatz steht, für dessen gefahrlose Inbetriebnahme sich die heftig Benebelten mit offenem Hosentürl nach erleichternder Bewässerung des freien Geländes selbstverständlich fit genug fühlen. Ich will einmal dahingestellt lassen, was mich da persönlich mehr stört. Eine familiengeschichtlich bedingte Empfindlichkeit, räume ich gerne ein.

Brunngraber sagt jetzt eine oder zwei Minuten gar nichts, steuert den vorderen Wagen in einen anderen Bereich des Asservatenkellers und macht sich an einem der Drehsterne zu schaffen. Die Regalwand verschiebt sich, direkt neben ihm öffnet sich ein Zugang. Brunngrabers Miene hellt sich merklich auf, als er wieder zu reden anfängt.

Mit Suchtgift hat auch eine erfolgreich geheimgehaltene, bislang ungeahndete Geldwäschegeschichte zu tun, die sich unlängst akkurat hier im Justizpalast zugetragen hat. Ja, da wundern Sie sich jetzt, gell? Also: Gemeinsam mit charakteristischem weißem Pulver ist dereinst das Schnupfröhrchen eines Giftlers ordnungsgemäß asserviert und schließlich eingezogen worden. So weit, so gut, so alltäglich. Nun bestand dieses einschlägige Hilfsmittel aber aus einem während seiner gesamten Auszeit hier herunten unverdrossen gerollten, von mir sorgsam verpackten echten Fünfzigeuroschein voller Kokainanhaftungen.

Der ewig klammen Staatskasse war natürlich nicht zuzumuten, das nämliche Objekt nach seiner Ausscheidung final zu vernichten. Also begab ich mich brav zum Waschbecken, wusch den Koksstaub feinsäuberlich von der Banknote, ließ den gereinigten

Schein über der Heizung am Fensterbrett zwischen Apollonia und Ferdinand, meinen beiden Kakteen, trocknen und passte beim vorschriftsmäßig durchgeführten Lüftprozess gut auf, dass er nicht flöten geht. Vor der Wiedereingliederung in den globalen Finanzkreislauf habe ich den ramponierten Fünfziger sogar zwischen Löschblättern zwei Tage der Apollonerl unterschoben, damit er nach etwas ausschaut. Ich bin eben ein ordentlicher Mensch.

Just in derselben Woche musste ich dem sogenannten Kompetenzzentrum Geldwäschebekämpfung einer großen deutschen Bank mehrere tausend Euro Verwahrgeld aus einer anhängigen Schleusercausa überweisen. Die sind imstand', habe ich mir beim Ausfüllen der Zahlungsanweisung gedacht, und fangen womöglich glatt auch meine Wenigkeit zu bekämpfen an, sollte es ruchbar werden, dass ich mich selbst von Zeit zu Zeit mit Geldwäsche beschäftige. Also, ich darf Sie hiermit höflich ersuchen, ergänzt Brunngraber augenzwinkernd, über das eben Eröffnete zu schweigen wie ein Grab.

Inzwischen hat er sich größeren Asservaten zugewandt und verfrachtet sie geschwind Stück für Stück an ihren Platz. Jetzt ist es natürlich so, wechselt er gleichzeitig das Thema, dass man sich nicht aussuchen kann, welche Dimensionen so ein Überführungsstück hat. Im Prinzip müsste auch ein auf höchst dubiose Weise leckgeschlagenes und schließlich umgekipptes

Luxuskreuzfahrtschiff hier im Regal eingeordnet werden.

Aus naheliegenden Gründen verbietet sich das, und wenn wir's auch nicht gleich mit Ozeanriesen zu tun haben in unserer Gegend, so müssen wir doch beachtliche Lagerkapazitäten bei Speditionen anmieten, um XX-Large-Formate unterzubringen. Das kann zum Beispiel ein zweckmäßig präpariertes Drogenkurierfahrzeug sein, mit doppeltem Boden, Hohlräumen in der Türverkleidung und manipuliertem Tank. Oder gleich fünfundzwanzig stattliche Umzugskartons auf einem Haufen mit den vollständigen Geschäftsunterlagen einer insolventen Firma.

Auch das Flakrohr, von dem der Bauer, in dessen Heustadel es vorgefunden wurde, steif und fest behauptete, es handle sich um den Auspuff einer uralten ländlichen Zugmaschine, erwies sich als eindeutig zu überdimensional für die Asservatenkammer. Blieb nicht sein einziger Verstoß gegen das Kriegswaffenkontrollgesetz.

Verfügungen solche Außenaufbewahrungen betreffend brauche ich nicht selbst zu besorgen, das erledigt die Polizei, die zur Akte dann beispielsweise mitteilt, die Umzugskartons wären in Gitterboxen alarmgesichert bei der Spedition Ypsilon eingestellt.

Lagergebühren zählen übrigens zu den Verfahrenskosten. Das heißt, wird am Ende jemand in der Sache rechtskräftig verurteilt, muss er, so bei ihm etwas zu holen ist, neben allem übrigen Ungemach auch für die Extra-Unterbringung sperriger Verwahrstücke aufkommen. Und das kann ganz schön ins Geld gehen, sage ich Ihnen. Im umgekehrten Fall natürlich für die Staatskasse.

Die hingegen darf sich aus einem anderen Titel laufend bescheidene Einnahmen erwarten. Liegt nämlich der Schätzwert eines eingezogenen Asservats, für dessen Vernichtung grundsätzlich kein zwingender Anlass besteht, oder von Diebesgut, das trotz Anschlag an der Gerichtstafel und Sechswochenfrist keinem Eigentümer zugeordnet werden kann, über den Gebühren des Gerichtsvollziehers, werden diese Gegenstände versteigert.

Brunngrabers sonore Stimme bewegt sich, von den akustischen Gegebenheiten merkwürdig gedämpft, seit geraumer Zeit mit ihm und wechselnden Objekten durch das kojenartige Innere der raumhohen Kompaktregalanlage. Eben verfrachtet er einen zusammengelegten Tretroller links unten in einen freien Winkel. Das da ist ein Oberschenkelhalsbruch, kommentiert er sein Tun, genauer gesagt seine Ursache. Bei einer gut Achtzigjährigen vermutlich mit gravierenden Dauerfolgen, die auch finanziell abzuklären sind.

Bibliothekar bin ich zwar nur bei mir zuhause auf meinem großzügig ausgebauten Dachboden, aber wenn man's genau nimmt, stehen hier in diesen Regalen, verdinglicht auf den Punkt gebracht, jede Menge höchst abenteuerlicher, tragischer oder skurriler Geschichten, die, wie es so schön kitschig heißt, nur das Leben selbst schreiben kann. In der Rohfassung natürlich. Eine wahre Fundgrube wäre das für Schriftsteller.

Jetzt werden Sie vielleicht einwerfen wollen, dass ohnehin nichts so verrückt boomt wie das Krimigenre, zwischen echten und elektronischen Buchdeckeln oder natürlich im Fernsehen. Ein öffentlich-rechtlicher Overkill geradezu im wahrsten Sinne des Wortes, schaurig-prickelndes Familienvergnügungsritual jeden Sonntagabend sowieso und zwischendurch je nach Suchtpegel.

Mittlerweile werden, habe ich kurz vor Silvester in der Zeitung gelesen, von eingefleischten Fans sogar penibel Online-Statistiken darüber geführt, wie viele der im Jahreskreis ausgestrahlten Leichen jeweils erschossen, erschlagen, erwürgt, ertränkt oder durch Verätzung bis Klippensturz aus der Welt geschafft wurden. Die betreffende, wohl witzig gemeinte Headline werde ich so schnell nicht vergessen: *Im ›Tatort‹ ist das Erschießen am beliebtesten.* Symptomatisch für den Zustand unserer Gesellschaft, würde ich meinen, aber das nur nebenbei.

Für das wirkungsvolle Deklamieren der Schlagzeile hat Brunngraber sich, zuletzt in tieferen Regionen beschäftigt, extra aufgerichtet. Ob sein Charakterkopf aus diesem Grund röter erscheint als zuvor oder weil seinen Träger das Thema sichtlich erregt hat, lässt sich nicht beurteilen. Er schweigt eine kleine Weile, fingert nach dem Sacktuch in der Hose. Wieder tupft er seine Stirn ab und meint dann:

Jetzt ist wohl ein wenig der Gaul mit mir durchgegangen. Ich möchte mich da beileibe nicht groß als moralische Anstalt aufspielen, sondern will eigentlich auf etwas ganz anderes hinaus: Dieses im Prinzip letztlich ewig gleiche und doch immer konstruiertere, immer grauslichere Bilder aufbietende Whodunnit, in höchstauflösender Qualität, versteht sich, womöglich schamhaft garniert mit bemühten didaktischen Dialogexkursen gegen Umweltzerstörung, Homophobie, Frauendiskriminierung oder Fremdenfeindlichkeit und für eine Abrechnung mit dem ausufernden Materialismus, dieser ganze gehypte Mord-und-Totschlag-Krampf kann in meinen Augen etwa der unerzählten stillen Miniatur vom Küchenmesser Eilfix, das wirklich so heißt, und seiner zweckentfremdeten Anwendung kaum das Wasser reichen.

Brunngraber will die Wirkung seines bevorstehenden Vortrags offenbar nicht durch gleichzeitige Geschäftigkeit einschränken, weshalb er aus der Regalschlucht hervortritt, das Taschentuch in der Hose verräumt und sich auf die bereits weitgehend freie obere Plattform seines enzianblauen Transportwagens schwingt. Er lässt während der folgenden Ausführungen die Beine unablässig ein wenig baumeln. Mit beiden Armen stützt er sich ab.

Also, ein ausgewachsenes Küchenmesser mit dem Produktnamen Eilfix habe ich auf den Tisch bekommen, weil da ein Mensch – dass es ein etwa vierzigjähriger Pole war, tut an sich weiter nichts zur Sache – weil da dieser Mensch damit eine Zeitlang mehrmals im Monat gefährlich herumgefuchtelt hat. Und zwar immer im Eingangsbereich ein und desselben Krankenhauses. Und zwar immer stark alkoholisiert, womöglich aber doch gar nicht so extrem, wie es den Anschein hatte. Das Messer diente ihm dabei weniger als Waffe denn als Requisit, um sein Ziel schneller zu erreichen: Ihm ging es um ein frisches Bett und vor allem um etwas Fürsorge. Man redete ihm also jedesmal gut zu, nahm ihn stationär auf, ließ ihm eine Erstversorgung angedeihen und entließ ihn am nächsten Morgen nach dem Frühstück wieder, mitsamt den wenigen Habseligkeiten, sein Messer groteskerweise inbegriffen. Immerhin hatte er ja niemand konkret bedroht damit.

Wahrscheinlich um das inzwischen bewährte Verfahren abzukürzen, verzichtete der Mann, mit dem Hausgebrauch mittlerweile bestens vertraut, eines schönen Tages auf die dramatische Szene gegenüber dem Informationsschalter. Er schlich sich stattdessen gleich unbemerkt in ein freies Krankenzimmer, legte Eilfix säuberlich auf dem Nachtkästchen ab und kroch unter die Decke.

Brunngraber macht an dieser Stelle eine kleine Pause und verfolgt weiter seine Schuhspitzen, die abwechselnd kurz in sein Sichtfeld geraten. Dann hebt er wieder den Kopf.

Als man ihn entdeckte, war endlich Schluss mit lustig. Die Polizei wurde gerufen, und es kam, wie es kommen musste: Hausverbot, Strafantrag, Messer Eilfix an Brunngraber, auf dass er es bestimmungsgemäß in amtliche Verwahrung nehme.

Nix kilometerlange Blutspur, nix Balkenletterschlagzeile in der *Bild*, nix monströses Verbrechen, schon gar nix zweihundertfünfzig Seiten unbekannter Täter und falsche Fährten. Nur ein winziger Ausschnitt aus einem offenbar missglückten Leben.

Eine langweilige Allerweltsgeschichte, werden die einen sagen und gähnen, den anderen, und zu denen gehöre ich, den anderen hingegen geht, wenn sie so etwas erfahren, eine ganze Welt auf, besser gesagt gleich mehrere. Zumindest in Frageform. Eine kleine Auswahl gefällig? Also: Warum ist er überhaupt da bei uns, der Mann aus Polen? Warum säuft er wie ein Loch? Täglich abends nach der Schwerarbeit, am Bau vielleicht und schwarz? Oder von früh bis spät, eben weil er keinen Job hat, keine Familie, keine Freundin, keine ordentliche Unterkunft, kaum Geld? Weil er Schicksalsschläge nicht verkraften konnte? Aus angelegter Labilität? Aus Jux und Tollerei gar?

Und warum diese schräge Inszenierung? Aus purer

Verzweiflung, aus Bequemlichkeit? Um sich an der Gesellschaft ein wenig zu rächen, die sich sonst einen Scheißdreck um ihn kümmert? Ist es als Hilfeschrei gedacht? Oder geht es ihm bloß um den Nervenkitzel, ist es letztlich nur ein Spiel? Erspart er sich damit den Einsatz im Wettbüro, holt er sich so seine Erfolgserlebnisse? Dürfen wir ihn uns vielleicht gar als modernen Eulenspiegel vorstellen?

Ich könnte jetzt ewig vor mich hin spinnen, sagt Brunngraber, und er lächelt dabei. Aber dafür werde ich leider nicht bezahlt. Nun ist das alles nur das hintergründige Anhängsel eines einzigen lächerlichen Asservats. Und schauen Sie sich bitte um hier. Von fünfundneunzigkommasieben Prozent der Verwahrstücke weiß ich nichts, gar nichts, weil ich die zugehörige Akte, wie es mir zukommt, schlichtweg ignoriere.

So, genug gefaulenzt, setzt Brunngraber einen Punkt, drückt sich ab, steht wieder auf eigenen Füßen, dreht sich um und hat schon das nächste Objekt in der Hand. Zum Beispiel habe ich es mir verkniffen nachzuschauen, was es mit diesem prächtigen Narkosegewehr da auf sich hat. Beflügelt ja auch die Phantasie, nicht? Mit dem Narkosegewehr den letzten bayerischen Originalen in freier Wildbahn nachspüren, sie wohldosiert betäuben, chippen und lückenlos überwachen. Wär' doch was. So als Joint venture zwischen Industrie und Staat. Aber dann käme es gewiss nicht auf den Tisch der Asservatenstelle, das Ding.

Die mittleren Übergrößen sind alle erfolgreich verstaut für heute, stellt Brunngraber fest, während er das Gewehr im Waffenschrank unterbringt. Darf ich Sie jetzt höflich ersuchen, mir unauffällig in die nächste Abteilung zu folgen? Die allerältesten Verwahrstükke, kommt er sogleich auf ein neues Thema zu sprechen, als er sich ans Einordnen der frisch registrierten oder zwischenzeitlich ausgelagerten Suchtgiftbestände macht, die allerältesten Verwahrstücke reichen noch weit in die Zeit meines Vorgängers zurück, tief ins vorige Jahrtausend. Ihretwegen haben meine Nikolausbücher, Sie erinnern sich, die Folianten oben im Büro, nicht bloß musealen Wert, sondern verzeichnen diverse verstaubte Gegenstände, die unter Umständen immer noch geduldig darauf warten, einen alt und grau gewordenen Täter zweifelsfrei zu überführen.

Sie wissen, Mord verjährt nicht, manche dieser Beweismittel sind überdies Spurenträger. Und deshalb kann man heutzutage, Stichwort DNA, natürlich wesentlich mehr anfangen damit als meinetwegen vor einem halben Menschenalter. Spektakuläre Erfolge gibt es da immer wieder.

Wenn ich solche kriminaltechnischen Revolutionen in Rechnung stelle, fehlt mir absolut jedes Verständnis für das selbst bei Kapitalverbrechen nach wie vor gültige Rechtsprinzip in diesem Land, wonach niemand, der in einer Sache, wenn auch nur im Zweifel, schon einmal rechtskräftig freigesprochen worden ist, für dasselbe Delikt noch einmal belangt werden darf. *Ne bis in idem* heißt das bei den Juristen, nicht zweimal für dasselbe. Da muss einer schon aus freien Stücken, weil ihn vielleicht das Gewissen schwer drückt, ein umfangreiches Geständnis ablegen, damit es zu einer Wiederaufnahme kommen kann. Eine nachträglich eindeutige Zuordnung seiner DNA auf der Unterwäsche des ermordeten Kindes hilft dagegen genau gar nichts, wenn er die Untat weiter tapfer leugnet.

Na ja, die Logik, brummt Brunngraber auf der Leiter und legt ein weiteres BTM-Asservat ab, zieht es jedoch sofort wieder heraus, hält es hoch und fuchtelt herum damit, während er ausbreitet, was ihm gerade eingefallen ist.

Eine wahrhaft süße Geschichte: Da holt ein schmächtiger Bursche sein freigegebenes Handy bei mir im Büro ab, und wie ich gerade die Schreibarbeit dazu erledige, schnüffelt er auffällig und fragt schließlich: Kann es sein, dass es hier nach Marihuana riecht? Ich schau' ihm betont freundlich ins Gesicht und antworte mit einer Gegenfrage: Woher wissen S' denn so genau, wie Marihuana riecht? Darauf er ganz verunsichert: Ich weiß es eh nicht, aber man sieht das öfter im Fernsehen.

So viel zum Thema Logik. Brunngraber dreht sich wieder um und weist den Marihuanadolden endgültig ihren Platz in der obersten Etage zu. Soll ich Ihnen eines meiner absurdesten Asservatenkammer-Gedankenspiele verraten, über das ich noch nie mit wem gesprochen habe?

Mir ist es eingeschossen, als ich von einem Neonazi aus dem Brandenburgischen las, der auf seinem breiten Rücken in Hüfthöhe, also unweit des Arsches, eine großflächige Tätowierung trägt, die ein Konzentrationslager zeigt. Zwischen den Speckschwarten links und rechts wölben sich die bekannten Elektrozäune samt Beleuchtungsanlagen, und etwas höher in der Mitte, direkt über dem Rückgrat, erhebt sich ein massiver Wachturm, und zwar nicht irgendeiner, sondern exakt der zentrale, ikonographisch aufgeladene von Birkenau, unter dem die Schienen ins Lager führen. Der dem Rechtsextremisten eingefleischte Kommentar zu dieser Bildkomposition ist an die zehn Zentimeter hoch, in Frakturlettern gehalten und lautet: *Jedem das Seine*. Dieses zynische Motto gehört zwar nach Buchenwald, aber Birken und Buchen, Au und Wald kann man schon einmal verwechseln.

Der solcherart geschmückte Mensch, übrigens ein aktiver Kommunalpolitiker der NPD, vergnügte sich gerade ungeniert in einem öffentlichen Spaßbad, als ein anderer Badegast das Handy zückte, ein Foto seiner Kehrseite machte und es in einem sozialen Netzwerk empört kommentierte. Ihm ist es zu verdanken, dass ich die Hinteransicht dieses Kerls so detailliert beschreiben kann, weil dieses unsägliche Bild durch alle Zeitungen geisterte. Es kam schließlich zu einem

Verfahren wegen vorsätzlicher Volksverhetzung, das bundesweite Aufmerksamkeit erfuhr.

Mit jeweils drei oder vier Rauschmittelasservaten steigt Brunngraber indessen unablässig zwei Sprossen hoch, liefert sie am dafür vorgesehenen Ort ab, klettert wieder herunter und holt Nachschub.

Nun ist besagte Tätowierung, da gibt es nicht den geringsten Zweifel, eindeutig als Beweismittel zu werten. Ich habe mir damals beim Betrachten dieser Ungeheuerlichkeit vorgestellt, als zuständiger Beamter statt einschlägiger Fotos den feinen Herrn von Wachtmeister Wurmdobler in persona angeliefert zu bekommen, selbstverständlich in der Badehose, zusammengekauert auf einem enzianblauen Transportwagen hockend, Gift und Galle geifernd. Um die zwischenzeitliche Vernichtung von Beweismaterial auszuschließen, sei er nach Abschluss der Vorermittlungen bis zu Prozessbeginn gesichert in der Asservatenkammer aufzubewahren, stelle es doch mittlerweile keine besondere Schwierigkeit mehr dar, das Corpus delicti mittels Laserstrahl vom Corpus des Beschuldigten verschwinden zu lassen.

Es werde sich meine Drecksvisage merken, drohte das zu asservierende Überführungsstück in meinem Tagtraum, während ich den zugehörigen Sammelheftumschlag bearbeitete, worauf ich dem Mann in aller Gelassenheit deutlich machte, er könne von Glück reden, dass sich die Praxis seiner Nationalheiligen überlebt habe, außergewöhnliche Tätowierungen zur

Tötung vorgesehener Häftlinge dadurch auf Dauer zu sichern, dass man ihnen nach vollbrachter Untat das betreffende Stück Haut abzog und gerbte.

Ist natürlich fraglos eine Art Rachephantasie zur psychischen Entlastung gewesen, weil einem einfach die Luft wegbleibt, wenn man mit so etwas konfrontiert wird. Ich darf davon ausgehen, dass Sie diesen tiefen Einblick in meine Psychohygiene-Strategien für sich behalten.

Ich merke gerade, wie oft ich Sie bereits um Vertraulichkeit gebeten habe, seit wir uns hier im Asservatenkeller aufhalten, wundert sich Brunngraber und schüttelt den Kopf, ohne den Gedanken weiterzuführen. Den größeren Teil seiner mitgebrachten Überführungsstücke hat er eingeschlichtet. Ihm bleiben noch jene zu verwahrenden Gegenstände, die weder BTM-Charakter haben noch besonders sperrig sind. Er fängt mit den Mobiltelefonen an.

Ich besitze zwar ein Handy, schlägt Brunngraber ein neues Kapitel auf, verwende es allerdings relativ selten. Ganz im Gegensatz offenbar zu meiner Kundschaft, die sich fast ausschließlich aus wesentlich jüngeren Semestern zusammensetzt. Das Smartphone ist jedenfalls mit weitem Abstand jenes Asservat, das, betrachtet man die Quantitäten, über die Jahre die spektakulärste Karriere gemacht hat.

Manchmal komm' ich mir wie ein Gebrauchttelefonshop vor. Gar keine Seltenheit, dass ich einer einzigen Person gleich drei oder vier von den Dingern samt SIM-Karten aushändigen muss, und verschicken tu' ich sie nach ganz Europa, nach Amsterdam, Malmö, Bukarest, Sankt Pölten oder, wie dieser Tage, sogar nach Venedig.

Auch da, muss ich gestehen, reise ich gelegentlich in Gedanken mit, stiefle zum Beispiel hinter dem Postboten unsichtbar die Kanäle entlang, über die Brücken bis zum Eingang San Polo achthundertzweiundsiebzig, den ich mir in einem engen, dunklen Schluf abseits aller Touristentrampelpfade angesiedelt ausmale. Ich könnte jederzeit nachschauen, auf welche Weise so einer aus der Serenissima dazu kommt, ausgerechnet in Oberbayern auffällig zu werden. Tu' ich aber nicht, sondern erfinde mir lieber eine eigene Geschichte dazu.

Kann aber genauso gut sein, dass ich sie ohne mein Zutun gleich in allen Details brühwarm auf den Tisch bekomme, ob ich will oder nicht, sodass meiner Phantasie nichts mehr zu phantasieren bleibt. Da ruft zum Beispiel eine redselige Mutter an und sagt, ihr Sohn sei jetzt einige Monate irgendwo im Ausland auf Schüleraustausch, ich möge doch bitte *ihr* sein Handy zurückschicken. Ein Stein falle ihr vom Herzen, lässt sie sich ungefragt aus und ein, dass die peinliche Sache so glimpflich ausgegangen ist, und sie hoffe inständig, ihm werde das eine saftige Lehre sein. Wie dumm sich die Kinder heutzutage anstellen können, unvorstellbar für ihre Generation. Einer Vierzehnjährigen via WhatsApp Nacktfotos von sich schicken!

Die Eltern des Mädchens haben prompt Anzeige erstattet. Das Verfahren ist dann wegen Geringfügigkeit eingestellt, nur eines der Bildchen am Ende als pornographisch eingestuft worden, der Rest bloß als unappetitlich, wie es in der Akte wörtlich heißt, die ich mir im Anschluss an das Telefongespräch doch vornehmen musste. Ein merkwürdig unscharfer Begriff im Justizzusammenhang, nicht? Unappetitlich. Mein Gott, was für mich alles unappetitlich ist, das andere geradezu als Appetithappen ansehen mögen. Und umgekehrt natürlich auch.

Jetzt habe ich gar nicht mehr nachgefragt, ob Ihnen eh nicht übel geworden ist in meinem Olfaktorium. Sagen Sie's ruhig, wenn Sie genughaben. Ich frage mich ohnehin die ganze Zeit, was um alles in der Welt Sie reitet, sich seit dem Morgen widerspruchslos zulabern zu lassen von mir.

Der heutige, das können Sie sich sicher denken, ist in dieser Hinsicht so ziemlich das genaue Gegenteil von fast jedem anderen meiner Arbeitstage. Überhaupt da herunten. Normal herrscht in diesem Etablissement das große Schweigen wie in einem Trappistenkloster. Unterbrochen höchstens von einem mehr oder weniger wichtigen Anruf, weil ich beim Verlassen des Büros ja die Leitung umlegen muss.

Nein, wenn ich es recht bedenke, so ganz stimmt

das auch wieder nicht, schränkt Brunngraber ein, manchmal ertappe ich mich nämlich dabei, wie ich mit den Verwahrstücken rede oder bei meinen Verrichtungen laut kommentiere, was ich da gerade tue. Kommst du endlich raus! grantle ich, wenn's feigelt. Oder ich höre mich plötzlich sagen: So, das hätten wir. Na, das ist jetzt aber unerwartet fix gegangen, alle Achtung, Oskar. Saublöd, nicht? Vielleicht erste Anzeichen vom Gaga-Werden.

Sehen Sie, wenn man sich diese automatisierten Abläufe einmal so richtig bewusst macht, was einem da alles in den Sinn kommen kann. Die Asservatenkammer, fällt mir jetzt ein, ist sogar schon zum Probenraum für meine Rezitationsprogramme geworden. Und das gar nicht so selten. Ohne es mir vorzunehmen, höre ich mich, während ich mit den Überführungsstücken jongliere, auf einmal etwa ein Heine-Gedicht rezitieren: *Frag du den Säugling in der Wiege, frag du die Toten in dem Grab, vielleicht dass diese dir entdecken, was ich dir stets verschwiegen hab.*

Das bringt mich schnurstracks zu der Überlegung, wann ich eigentlich das letzte Buch asserviert habe? Da kann ich mich gar nicht mehr erinnern daran. Ewig muss das her sein, ewig und noch drei Jahre.

Ah ja, das hier könnte Sie vielleicht noch interessieren, Brunngraber wachelt mit einem weiteren Päckchen, bevor er es einstellt. Hab' ich heute am Vormittag bearbeitet, kurz nachdem Sie gegangen sind. Wurde mir wörtlich als pyrotechnischer Gegenstand der Marke *Absolut Molotov* vor den Latz geknallt, etwas hemdsärmeliger und politisch inkorrekter heißt so was bei uns im Jargon *Tschechenkracher*. Dem polizeilichen Aufkleber war auch gleich die damit verbundene mögliche Straftat zu entnehmen: Volksverhetzung. Steht also zu vermuten, dass die Echtgermanen aus treuteutscher Sparsamkeit bei der geographischen Herkunft ihrer akustischen Spielzeuge schon einmal das eine oder andere Auge zuzudrücken bereit sind. Ob uns das hoffen lassen soll?

Es ist übrigens noch gar nicht so lange her, da hätte ich wie aus der Pistole geschossen – zwei hübsche Exemplare von diesen Totmachdingern warten übrigens da unten im Erdgeschoß des Transportwagens noch auf ihren Waffenschrankschlafplatz –, also: wie aus der Pistole geschossen hätte ich geantwortet, wenn mich das wer gefragt hätte, ja, ich bin trotz allem ein unerschütterlicher Optimist, was die Zukunft anlangt, meine persönliche wie die vom blauen Planeten und seiner hartnäckigen Infektion, dem Homo sapiens. Mittlerweile gehe ich, was das große Ganze anlangt, bestenfalls noch als erschütterlicher Optimist durch, aber hauptsächlich auch nur mehr, weil mir die Formulierung Freude macht.

Da bin ich soundso schwer gefährdet, bekennt Brunngraber, und sein enzianblaues Begleitfahrzeug hat sich derweilen schon fast völlig geleert, meine Liebe zur Sprache ist nämlich manchmal durchaus größer als meine Neigung zum ehrlichen Bekenntnis. Aber Ihnen geht's hier ja Gott sei Dank nicht um den Asservatenheini auf der Couch, sondern um das weite Feld der Überführungsstücke, wischt er das eben Gesagte gleich wieder beiseite, als sich das Telefon mekkernd bemerkbar macht.

Ja verreck, du schon wieder, hört denn das nie auf, hat denn das einen ewigen Umgang? Was? Ja, zehn vor halb vier, und? Gell, da schaust, aber ich brauch' eben so lang, wie ich brauch', einen Feuchten geht dich das an. So so, was du nicht sagst. Nein, ich mach' mir nichts aus Geld, mich kannst du nie nicht bestechen. Pfui, sonst noch was, du Oberferkel, dass du dich unterstehst! Schon gut, ja, beruhig' dich, schnell wie der Blitz, schon gut. Fünf Minuten, okay, höchstens sechs, außer du quatschst mir weiter ein Loch in den Bauch. Und verlass dich drauf, irgendwie kriege ich dich am Ende auch noch hinter Gitter, wär' ja gelacht. Brunngraber trennt die Verbindung.

Sofort aufmachen, die Polente ist da, hat der feine Herr Einlaufwachtmeister da gerade grimmig verkündet. Freund Wurmdobler steht mit etlichen neuen Kisten Krimskrams ungeduldig vor meiner Bürotür und wundert sich. Heute bin ich nämlich etwas spät dran, das kommt wohl vom vielen Reden, also, es tut mir leid, wir müssen vorläufig unterbrechen und später, wenn Sie mögen, zum Aufladen noch einmal extra vorbeischauen.

Husch husch, schnell raus mit uns jetzt aus der Bude, Raum wieder scharf machen, Blockschloss verriegeln und nichts wie hinauf. Drogengeld für meinen Safe hat er diesmal mit wie Heu, hat der Wurmdobler geprahlt, er fürchtet einen Überfall, und der ganze Flur stinkt schon bestialisch, Sie wissen schon wonach, gleich kotzt er noch was dazu, wenn ich nicht stante pede aufkreuze. Das muss verhindert werden.

Brunngraber zieht, bevor er die Alarmanlage aktiviert, resolut das Gitter hinter sich zu. Da gibt es ein entlarvendes Foto von mir, mit riesigen Glupschaugen stehe ich hinter diesen Scherengitterstäben und kralle mich förmlich fest an ihnen. Verbrochen hat es mein enger Freund, der Gerichtspsychiater Siebenbürger, auf dem Weg zu seinem Auto nebenan in der Tiefgarage. Und geschickt hat er es mir mit dem Text: *Asservatenkämmerer Brunngraber wird ab sofort in der Geschlossenen sicherheitsverwahrt. Von ihm geht keine Gefahr mehr aus.* Ich bezweifle stark, dass ich der einzige Empfänger war.

IV

Ihnen ist hoffentlich nicht kalt? erkundigt sich Brunngraber gleich zu Beginn. Im Winter sitze oder arbeite ich hier heroben meistens bei solchen Temperaturen. Mir wird schnell einmal zu heiß.

Ich kann Ihnen gern eine warme Decke bringen oder die Heizung mehr aufdrehen, wenn Sie wollen. Machen Sie es sich bitte bequem, soweit das halt geht zwischen all dem Zeugs. Ein Platz-, kein Ordnungsproblem, möchte ich betonen. Genau wie im Amt.

Sie schenken sich am besten selbst nach. Fühlen Sie sich wie zuhause. Obwohl, wie heißt es doch so wunderbar lapidar in einem Gedicht der unnachahmlichen Elfriede Gerstl aus Wien: *Wer ist denn schon bei sich, wer ist denn schon zuhause, wer ist denn schon zuhause bei sich*?

Bin *ich* bei mir zuhause bei mir und zuhause und zuhause bei mir? Ja, ganz eindeutig ja. Ohne Wenn und Aber. Zum Leidwesen meiner Frau und meines Sohnes ist aus dem Oskar Brunngraber definitiv nie ein begeisterter Reisender geworden. An Fernweh bin ich nie ernsthaft erkrankt, Urlaubsaufenthalte nehme ich hin. Ich sage gerne: Zuhause ist weit weg genug. Eine Prise Oblomowerei ist da schon dabei, muss ich zugeben, aber als klassischer Müßiggänger verstehe ich mich keineswegs in meinen vier Wänden unter dem Dach. Täglich verreise ich im Kopf.

Die geographische Nähe zu Österreich hat, scheint's, ziemlich abgefärbt auf mich, müssen Sie wissen, von unserem Haus sind es gerade einmal zwei Kilometer an die Grenze, Luftlinie. Aber hinüber kann man da nicht, und bis zur nächsten Brücke ist es ein ordentliches Stück flussabwärts.

Bei meiner Großmutter liefen mit schöner Regelmäßigkeit österreichisches Radio oder Fernsehen. Praktisch täglich das *Wunschkonzert*, am Sonntag noch vor der Messe wie das Amen im Gebet die musikalische Morgenplauderei *Was gibt es Neues?* mit Heinz Conrads, am Samstagnachmittag, glaub' ich, Ernst Hagens betulicher *Seniorenclub*. Und ich, der Zehnjährige, neben Oma aufs Sofa gelümmelt, ich holte mir dabei nützliche Steuertips für österreichische Rentner. Verrückt.

Später einmal ertappte ich mich bei meinen Buchverschlingungsorgien, dass da unabsichtlich jede Menge Österreicher darunter waren. Na ja, einer meiner Großväter, allerdings der Mann meiner anderen Oma, ist immerhin noch als Kakanier auf die Welt gekommen. Er wurde im Laufe seines kurzen Lebens in einen Tschechoslowaken und schließlich in einen Deutschen überführt, ohne sich vom Fleck zu rühren. *Viel kommen die Städte herum neuerdings*, hat Alfred Polgar das Phänomen nach dem letzten Krieg einmal auf den Punkt gebracht. Und als dieser Großvater, ein standorttreuer Bauer aus dem Sudetenland, als Wehrmachtssoldat gezwungen war, sich endlich vom Fleck zu rühren, um auf höheren Befehl in die Sowjetunion einzudringen, waren seine Tage auch schon gezählt.

Ich werde die ganze Sache sicher nicht chronologisch anlegen, das müssen Sie mir nachsehen. So ein Vorgehen würde einem bekennenden Denkakrobaten wie mir ganz und gar nicht entsprechen. Und ob überhaupt etwas Gescheites dabei rauskommt, ich bezweifle es sehr. Das fängt schon damit an, dass ich mir selbst ein Rätsel bin. Und was für eins. Obwohl ich mich, wie gesagt, zuhause bei mir fühle, denn fremdeln tu ich nicht mit mir.

Aus Gründen, die wohl mit dem, der ich geworden bin, zu tun haben dürften, war ich, jeweils allein, beim Tod meiner beiden Großmütter anwesend. Die Eltern lagen da schon geraume Zeit auf dem Friedhof. Damals war ich längst ein erwachsener Mann, fünfunddreißig bei der einen, glaub' ich, noch ein paar Jahre älter bei der anderen. Es war an sich, bei nüchterner Betrachtung, nur bedingt tragisch, denn beide sind hochbetagt im Krankenhaus verstorben, ohne groß leiden zu müssen. In beiden Fällen ist mir dabei dennoch etwas ziemlich Verstörendes widerfahren, das sich in mein Gedächtnis eingebrannt hat.

Die eine, eine schlichte, tiefgläubige, aber nie bigotte Frau, hat, kurz bevor sie die Augen für immer zumachte, mit erstaunlich fester Stimme zu mir gesagt: Schön, Herr Pfarrer, dass Sie noch einmal gekommen sind. Ich möcht' das *Vater unser* mit Ihnen beten. Nach einer Schrecksekunde habe ich sie in dem Glauben gelassen, brav einen salbungsvollen Priester gemimt und mich zusammengerissen, dass ich den Text richtig aufsage.

Die andere, mir weit näher stehende Großmutter war schon nicht mehr bei Bewusstsein. Man hatte sie in eine Art Sterbezimmer ohne großen medizinischen Schnickschnack verfrachtet, wo sie ihre Ruhe gehabt hat. Still bin ich viele Stunden am Fenster neben ihr gesessen und habe einfach ihre Hand gehalten. Langsam wurde es finster, ich sah keinen Grund, Licht zu machen. Da geht die Tür auf, und eine Krankenschwester steckt den Kopf herein. Kein Gruß, keine Nachschau, wie es um die Patientin steht. Stattdessen die knappe Frage: Sind Sie der Gatte? Nein, hab' ich, ganz perplex, ebenso knapp geantwortet, nein, ich bin der Enkel. Vielleicht war es ihr peinlich, jedenfalls war das alles. Tür zu. Wieder absolute Stille.

Jetzt ist es mir schon klar, die hat wohl nur mein einigermaßen dunkles Profil vor dem Hintergrundgrau der Abenddämmerung draußen wahrgenommen. Und in Eile wird sie gewesen sein. Aber trotzdem. Der Gatte!

Ich war jedenfalls wie vom Donner gerührt, Sie werden sich das vorstellen können, und in meinem

Gehirn hat es sofort heftig zu arbeiten begonnen. Dabei kam mir das alles völlig unwirklich vor, wie eine Inszenierung, bühnenreif geradezu. Da sitzt der Held, und in meinem Kopfstück war selbstredend ich der Held, da sitzt also der Held am Totenbett einer fast fünfzig Jahre Älteren. Lange geschieht genau gar nichts, das Publikum langweilt sich furchtbar, dann tritt eine Gestalt auf und fragt ansatzlos: Sind Sie der Gatte? Nein, ich bin der Enkel. Abgang. Was für ein Dialog!

Die Oma, fällt mir da ein, hat mich übrigens oft einen Helden genannt. Du bist mir vielleicht ein Held, meinte sie zum Beispiel, wenn ich mich vor der Klassenfahrt drücken wollte. So eine Art Held war ich für sie als Kind.

Aber zurück auf die unbeleuchtete Bühne ihres Kranken-, ihres Sterbezimmers. Mein erster Gedanke galt natürlich dem Naheliegenden: Was bin ich offensichtlich für eine greisenhafte Erscheinung? Alt geworden lange vor der Zeit, früher Glatzenansatz, die Figur erbärmlich aus dem Leim gegangen, ein sportabstinenter, staubiger Bücherwurm und dergleichen mehr Selbstmitleidiges.

Aber dann, und ich hatte alle Zeit der Welt, weil die Oma erst im Morgengrauen ihren letzten Schnaufer tat, aber dann kam mir plötzlich in den Sinn, dass das eigentlich bereits meine zweite Verwandlung, meine zweite Überführung im Verhältnis zur Sterbenden war. Sie müssen nämlich wissen, seit meinem zehnten Lebensjahr wurde ich bei und von der Großmutter aufgezogen. Ich war also vom Enkel de facto zum Sohn mutiert und im Finale gar zum Ehemann.

Wenn ich es mir recht überlegte, war das auch gar nicht so abwegig. Der Opa, wesentlich älter als seine Frau und ohnehin nie überpräsent, spielte, seit ich bei ihnen unfreiwillig Quartier bezogen hatte, in dem Dreiecksbeziehungsgeflecht mehr und mehr eine Nebenrolle, jedenfalls ganz eindeutig die zweite Geige. Anfangs war er noch berufstätig, Leiter einer Bankfiliale immerhin, von allen respektvoll Bankdirektor genannt, und viel fort, später verbrachte er einen Gutteil des Tags in der geliebten Werkstatt im Anbau neben dem Haus, wo sich einst die Sattlerei seines Vaters befunden hatte. Und noch später war er tot und ganz weg. Er redete nicht viel, ließ seine Frau schalten und walten und vor allem mich erziehen. Als treuer Seniorenclubbeisitzer vor dem Bildschirm fungierte ich, nicht der Opa.

Ich hockte also da, die Großmutter, Mutter, Gattin atmete ruhig, sehen konnte ich es nicht mehr, denn mittlerweile war es stockfinster geworden, aber da war ein leises Röcheln, nicht weiter beunruhigend, die Atmosphäre gestaltete sich eigentlich ausgesprochen friedlich, nur in meinem Kopf ging es rund.

Ich erinnerte mich jetzt auch, dass mein Einzug zum Anlass für Großvaters Auszug aus dem gemeinsamen Schlafzimmer genommen worden war. Er würde unerträglich laut schnarchen, hieß es mir gegenüber, und fortan schlief halt *ich*, der ich durchaus ein eigenes Zimmer bekommen hatte, einige Jahre in seinem Bett Seite an Seite mit der Großmutter, die ebenfalls schnarchte, während er in ein kleines Kabinett, noch dazu ein Durchgangszimmerchen, wechselte. Ein Wahnsinn, dachte ich und hörte ihr beim Röcheln zu. Noch atmete sie.

Und mir fiel ein, dass ich Jahre zuvor in eines meiner launigen Programme einen halblustigen Text aufgenommen hatte, der das alles vorwegnahm: *Der eigene Großvater* hieß der und erzählte von einem, der eine Witwe mit einer zwanzigjährigen Tochter ehelichte, die dann sein Vater geheiratet hat, wodurch die Stieftochter seine Mutter wurde. Am Ende der Verwicklungen war der Mann jedenfalls sein eigener Großvater. Ein großer Lacherfolg, kann ich Ihnen sagen. Und einmal ist dabei unter Garantie meine Großmutter im Publikum gesessen, weil sie meine bunten Abende ebenso schätzte, wie sie meinen Bildern mit leidenschaftlicher Verständnislosigkeit gegenüberstand.

Brunngraber gießt sich aus der Karaffe Wasser nach. Vom Wein hat er noch nichts getrunken. Sind nur einfache trockene Kekse, sagt er, tut mir leid. Aber ich habe nicht im Traum damit gerechnet, dass Sie jetzt da vor mir sitzen. Nach einem solchen Tag!

Der Begriff *Überführungsstück*, nimmt er den Faden wieder auf, hat unendlich viele Facetten für mich. Man muss es sich im Zusammenhang mit den beiden geschilderten Sterbeszenen so richtig auf der Zunge zergehen lassen: Vordergründig handelt es sich dabei um die Überführung zweier lebender Wesen in den Leichenzustand, und, das freilich hier nur nebenbei, kurz darauf natürlich auch noch um die leibhaftige Überführung der Überführten Richtung Friedhof durch den Bestatter.

Aber dann kommt's: Am Rande dieser quälend langsamen Überführungsprozesse vom Leben zum Tod überführt die Oma den Enkel in einen Priester und die Krankenschwester gar in seinen eigenen Großvater.

Wer bin ich also wirklich? Ist ich tatsächlich ein anderer? Bin ich der penible Asservatenheini oder der zwanghafte gestische Pinsler? Bin ich der kauzige, einsame Dachbodenhocker, der sich halbe Nächte um die Ohren schlägt und wie ein Fass ohne Boden aufsaugt, was andere niedergeschrieben haben, auf dass er sich ein Bild von der Welt mache, von sich? Ohne Boden, wohlgemerkt!

Oder bin ich in Wahrheit nicht vielmehr der schlagfertige, entspannte, bisweilen laute Schmähführer am Wirtshaustisch, der so gern und offenbar gut andere imitiert, der es aber auch still genießen kann, wenn die einundneunzigjährige ehemalige Hüttenwirtin in der Sauna Anekdoten aus ihrem langen Leben stets aufs neue unvergleichlich Revue passieren lässt?

Bin ich am Ende gar die letztlich undurchschaubare, chamäleonartige Rampensau meiner Vortragsabende, die mir nichts, dir nichts von einer Rolle in die andere schlüpft, Grimassen schneidet, im Minutentakt einmal scherzt, poltert, dann wieder den Oberlehrer spielt oder den Gehetzten, den Verunsicherten gibt, einen, der leidet, fürchterliche Angst hat, in sich zusammenfällt?

Oder bin ich, nicht zu vergessen, der rundum zufriedene Mann meiner großartigen Frau, nicht der Oma, wohlgemerkt, der Vater meines Kindes, dem ich mit viel Zuneigung und langer Leine hoffentlich zum Gutteil erspart hab', was meine eigene Jugend auszeichnete und mich bis heute beschäftigt?

Ich bin ja, es wird Sie nicht sonderlich erstaunen, keineswegs auf den Mund gefallen. Nur über den Menschen hinter diesem Mundwerk, das überrascht Sie vielleicht jetzt doch, über mich selbst also denke ich zwar ganz schön viel nach, reden tu' ich aber gar nicht gern über ihn, den wahren Brunngraber. Kann durchaus sein, weil ich ihn eben nicht wirklich ausreichend kenne, weil ich keine Gesamtschau habe von ihm, obgleich ich mich zunehmend wohlfühle in seinem Körper, in seinem Kopf. Dieser merk- und für mich denkwürdige, durch Ihre zurückhaltende Neugier ausgelöste ergebnisoffene Versuch, den Mann einzukreisen, dingfest zu machen, ist jedenfalls die absolute Ausnahme, das können Sie mir glauben.

Jetzt erst lehnt Brunngraber sich bequem in seinem Ohrensessel zurück und umgreift mit den Händen die Lehnen. Ich habe ein Faible für das Wort *Anhaltspunkt*, fährt er fort, ich halte mich gern an, wenn's geht. Oft auch, im übertragenen Sinn, an diversen Gegenständen, die meinem Erinnern auf die Sprünge helfen. Sogar an Dingen, die es gar nicht mehr gibt, die ich womöglich überhaupt nie zu Gesicht bekommen habe, die sich mir aber doch eingeprägt haben, weil an ihnen die Geschichten hängen, an denen wiederum ich hänge.

Da fällt mir natürlich sofort der Teddybär meines Vaters ein. An dem hätte er sich in der Tat gern festgehalten, als es so weit war. Ort der Handlung: ein winziges Bauerndorf im äußersten Südböhmen unweit der Grenze zum wiedererstandenen Österreich, Mühlviertel, ein abseitig gelegener Weiler, der bald darauf im Niemandsland zu liegen kommen sollte und bis auf wenige Fundamentreste mutwillig zerstört wurde. Der alte, ärmliche Hof meiner Großeltern. Im Flur ein schweigsamer, junger Uniformierter mit ausdruckslosem Gesicht in der Tür zur Stube, das Gewehr über der Schulter.

An diesem Tag musste die Familie oder was noch da war von ihr, nachdem mein Großvater gefallen war, mit einem einzigen Leiterwagen voller Habseligkeiten für immer Abschied nehmen von daheim. Dieser vollgepackte Leiterwagen stand schon draußen, ein letzter Blick, ein kurzes Gebet vor dem Herrgottswinkel, die Mutter nimmt, das Töchterchen auf dem einen Arm, den kaum vierjährigen Jungen energisch an der anderen Hand und will sich mit den beiden Kleinen an dem martialischen Vertreter der tschechoslowakischen Staatsautorität vorbeidrücken.

Mein späterer Vater hält seinen Teddy fest an sich gepresst, als ihm der Mann in Uniform das Stofftier wortlos wegnimmt und mit Schwung quer durch den Raum unter den Tisch schmeißt. Der Knabe will sich losreißen und zurück zu seinem Bären, doch die Mutter, für die ich beim Sterben dereinst den Priester spielen werde, lässt ihn nicht aus und zieht das widerstrebende Kind hinaus ins Freie.

Das muss sich, wenn es mir wahrheitsgemäß berichtet wurde, als Stummfilm zugetragen haben, in gespenstischer Stille. Obwohl mein Vater doch geschrien und getobt haben müsste, stelle ich mir vor. Oder eben doch nicht, wenn ich ihn mir genauer vergegenwärtige.

Während ich Ihnen das erzähle, fällt mir auf, dass sich die ursprüngliche, besser gesagt: die im Familienkreis wiederholt so kolportierte Szene in meinem Kopf völlig gewandelt haben muss, denn die Perspektive hat sich entscheidend verschoben. Mir ist die Geschichte nämlich nicht vom Vater hinterbracht worden, der hat nie von früher gesprochen, vielleicht hatte er sie auch längst vergessen, sondern von seiner Mutter. Und die

Oma hat damit eigentlich nur ihre lebenslange Verbitterung, man könnte wahrscheinlich auch sagen: ihre lebenslange Abneigung gegen die Tschechen illustrieren wollen. Das ist ein ganz anderer Akzent.

Dem steht die von meinem Gedächtnis sicher nicht zufällig in den Mittelpunkt gerückte Befindlichkeit des vierjährigen Vaters gegenüber, seine frühe und wohl nachhaltige Traumatisierung durch den Heimatverlust, verdinglicht in meinem mentalen Verwahrgegenstand, dem Teddybären unter dem Stubentisch, den ich in diesem Moment für weitere Ermittlungen aus meiner Ganglienasservatenkammer geholt habe. Für die Oma war das, glaube ich, bestenfalls eine Nebensache.

Woraus sich zwangsläufig ergibt, dass das mit dem Festhalten eines solchen oder an einem solchen Objekt ein verdammt zweischneidiges Schwert ist. Wofür steht es? Was steckt wirklich dahinter? Wer gräbt es aus, bringt es zu welchem Zweck ins Spiel, setzt es ein, in der Realität, als Argument? Welche Zuschreibung erweist sich endlich als stärker? Aus welchem Grund?

Zum Wohl, Brunngraber setzt sich mit einem Ruck wieder gerade hin, hebt das Glas, nippt, nimmt dann einen kleinen Schluck. Mein Lieblingstropfen, bemerkt er, der Weinhändler bringt ihn direkt aus Italien mit, wo er in der Nähe von Cormons, das liegt irgendwo zwischen Cividale und Triest, direkt an der altösterreichischen Grenze ein halb verfallenes Häuschen saniert hat und meisterhafte Gedichte in boarischer Mundart schreibt.

Der früheste Anhaltspunkt im Leben meines Vaters, der es in mein Bewusstsein schaffte, ist der Teddybär und sein Siegelring der letzte. Den hat er, seit ich denken kann, immer getragen, nur bevor er sich aufmachte, den Bahndamm zu erklettern, hatte er ihn abgezogen, gut sichtbar auf den Beifahrersitz gelegt und das Auto sorgsam verschlossen. Die Gegend unweit von daheim war ihm wie der Fahrplan auf der eingleisigen Nebenstrecke bestens vertraut, in dieser Parkbucht ließ er den Wagen gern stehen, wenn er, bevorzugt an den Wochenenden, zu einem seiner häufigen einsamen Spaziergänge aufbrach.

Ich war vierundzwanzig und arbeitete an sich noch im Morddezernat. Damals leistete ich aber gerade meinen Zivildienst ab, und das war ein großes Glück, denn die Akte des Selbstmörders Oskar Brunngraber wäre glatt auf meinem Schreibtisch gelandet. Lange danach habe ich sie mir trotzdem aus der Registratur geholt. In allen Details war da unter anderem verzeichnet, wie sie ihn auffanden, in Stücke gerissen nämlich, denn er hatte an einem warmen Frühsommertag in einer engen Kurve offenbar seinen Hals auf die Schiene gelegt, um ganz auf Nummer sicher zu gehen. In den Unterlagen war von einem großen Teil der Schädeldecke hier und der linken Hand dort die Rede und so weiter und so fort.

Als es gerade passiert war, hätte ich es mir natürlich ungefähr so ausmalen können, doch das dürfte ich mir, wenn ich jetzt so darüber nachdenke, erspart haben wollen. Stattdessen konzentrierte ich meine ganze Aufmerksamkeit auf den Siegelring und fragte mich entgeistert, warum um alles in der Welt jemand in seiner unendlichen Verzweiflung so kurz vor dem letzten Schritt auf die Idee kommen kann, den mit ihm quasi längst verwachsenen, ein wenig protzigen Ring vom Finger zu streifen. Und nur ihn, wohlgemerkt, denn den anderen, den Ehering ließ er unangetastet.

Und da sind wir schon wieder bei den Zuschreibungen der Dinge. War es als Akt der Ermannung, der Befreiung gedacht, sich von ihm am Schluss zu trennen? Womöglich als manifeste Absage an die von meinem Vater allseits erwartete berufliche und gesellschaftliche Klettertour, auf der er spektakulär abgestürzt war?

Immerhin war dieses Schmuckstück, auf dem Vaters Initialen prangten, ein frühes Geschenk der Schwiegereltern gewesen, deren große Hoffnungen er nicht einzulösen imstande oder willens war, die auf der anderen Seite, vornehmlich in Gestalt meiner Großmutter, natürlich auch massiven Anteil an der völlig verfahrenen Situation gehabt haben dürften.

Warum hatte er sich dann aber nicht einfach damit begnügt, den Klunker hundert Meter, bevor er den Wagen stehen ließ, ins wuchernde Goldrutenkraut am

Bahndamm zu werfen? Kein Hahn hätte in all der lähmenden Erschütterung, die Vaters Fanal auslöste, dem blöden Ring nachgekräht.

Indem er ihn, als er mit allem schon abgeschlossen hatte, dennoch so auffällig plazierte, überlegte ich damals weiter, dürfte es doch wohl eher eine Art von Botschaft an die engere Umgebung gewesen sein, und zwar eine ihm wichtige. Die schlichte, nüchterne, eher unwahrscheinliche Variante: Ich will sicherstellen, dass dieser Wertgegenstand nicht verloren geht oder mit mir ins Grab gelegt wird. Vielleicht will ihn ja einer meiner Söhne tragen, der Initialen wegen am besten der Oskar, ansonsten kann man ihn immerhin zu Geld machen.

Eher vorstellbar dagegen, dass er dem ominösen Siegelring all das, was ich vorher ausführlich zu beschreiben versucht habe, als verkappte Nachricht zuordnen wollte. Er hatte ihn, wie gesagt, just auf dem Beifahrersitz, Mutters angestammtem Platz bei gemeinsamen Fahrten, arrangiert. Ging es ihm also vielmehr darum, seinen Suizid nicht sich selbst, sondern *uns*, den Hinterbliebenen, als selbstbestimmte Handlung vor Augen zu führen, als späte, ihm einzig mögliche Zurückweisung der ununterbrochenen schwiegermütterlichen Einmischung in sein Leben?

Ich konnte das Wort *Hass* nur schlecht mit dem Charakter meines Vaters in Verbindung bringen, aber musste ich ihn mir gar hasserfüllt imaginieren, als er sich hektisch abmühte, den Ring vom Finger zu bekommen? Abschiedsbrief hat er jedenfalls keinen hinterlassen, er hat sich nie deutlich erklärt, warum sollte er daran ausgerechnet am Höhepunkt seiner ausweglosen Vereinsamung etwas ändern?

Es schien mir, obwohl ich diese für mich bei weitem unangenehmste Interpretation gleich wieder verwarf, es schien mir sogar denkbar, dass der Vater sich durch die Ringgeste ein letztes Mal klein machte vor der Familie, nach dem Motto: Ich war leider nicht würdig, ihn zu tragen.

Unmittelbarer Auslöser dürfte ein für die Woche darauf bereits terminiertes Entscheidungsgespräch in der Firma gewesen sein. Jahre zuvor schon hatte Vater seiner wachsenden Alkoholprobleme wegen die Stelle bei der Bank verloren, eine trotz aller Verschleierungsversuche semiöffentlich gewordene private Niederlage, eine Schande auch für den Schwiegervater samt Anhang.

Der hatte wenigstens dafür Sorge tragen können, dass man Herrn Oskar Brunngraber zum Abschied das allerbeste, also ein falsches Zeugnis ausstellte und darin festhielt, er verlasse das Unternehmen auf eigenen Wunsch. Man lobte ihn einfach weg, und zwar über den grünen Klee.

Vater war in der Folge, durch dieses blendende Überführungsschriftstück zum geradezu idealtypischen Mitarbeiter stilisiert, schnell bei einem großen, international tätigen deutschen Konzern in der Lohnverrechnung untergekommen, aber schon bald zeigte sich die Diskrepanz zwischen dem Gefälligkeitswisch des Geldinstituts und der harten Wirklichkeit in aller Schärfe.

Es traf zwar zu, dass ihm auf diese Weise theoretisch ein Neuanfang ermöglicht wurde, aber er war nicht in der Lage, die Weichen neu zu stellen, er war bereits zu krank, zu kraftlos, und die verzweifelten Versuche, im neuen Betrieb glaubhaft einen darzustellen, den es nur auf dem Papier gab, mussten ihn zusätzlich gestresst haben.

Die anfangs als Kuraufenthalte getarnten Auszeiten in der Entzugsklinik häuften sich, die Fehlleistungen an der Arbeitsstelle desgleichen. Er war zum Pendler geworden, mehr als siebzig Kilometer am Tag. Gar nicht so selten war er einfach außerstande, den Wagen zu steuern, beim Frühstückskaffee stand ihm der kalte Schweiß auf der Stirn, und es hat wahrscheinlich keinen einzigen Morgen gegeben, an dem sein Alkoholspiegel vom Vorabend den erlaubten Grenzwert fürs Autofahren unterschritten hätte. Mit einem Wort, Vater musste den nächsten Rauswurf fürchten, und selbst wenn man ihm ein letztes Ultimatum zugebilligt hätte, das dicke Ende wäre bestenfalls vertagt worden.

Brunngraber leert das Weinglas in einem Zug. Ich habe mir einmal, fährt er dann mit hochgezogenen Brauen und festerer Stimme fort, den Ausdruck

Beerdigungsverwandtschaft zurechtgelegt. Das sind diejenigen aus der Sippschaft, denen ich einzig und allein bei Begräbnissen, nicht einmal auf Hochzeiten begegne, denn die finden in der Regel geheim statt und sind höchstens beim nächsten Leichenschmaus Thema. Zu dieser meiner Beerdigungsverwandtschaft gehörte auch jene Tante, die auf dem Arm der Großmutter als Baby Augenzeugin der Teddybärenepisode bei der Vertreibung aus Böhmen wurde.

Nachdem also der Sarg mit Vaters im wahrsten Wortsinn sterblichen Überresten abgeseilt worden war, stellten sich die Leute nach alter Gewohnheit an, um ein Schäufelchen Erde und Blumen ins offene Grab nachzuwerfen. Während wir also so dastehen und warten, bis diese Zeremonie abgeschlossen ist, zupft mich die Tante am Ärmel und sagt ansatzlos: Ihr wisst viel nicht.

Wieder so ein Hammersatz, ein umwerfender Sprachsolitär. Ich habe ihr nicht geantwortet, nicht einmal den Blick zu ihr hin gewendet. Ich war vierundzwanzig und noch meilenweit davon entfernt, genügend Anhaltspunkte für mein von zahlreichen Irritationen gekennzeichnetes Leben voller Fragezeichen gefunden zu haben. Ich stand reglos da, hin- und hergerissen zwischen dem sehnlichen Wunsch, die Tante möge doch bitte auf der Stelle alle verdammten Familiengeheimnisse ausspucken, und der panischen Angst vor den Abgründen, die sich da auftun mochten.

Die Eltern gaben mir, wohl aus Bequemlichkeit und nicht, wie ich manchmal flunkere, im Hinblick auf den von mir besonders als Vortragskünstler verehrten Schauspieler Oskar Werner, ein weiterer Alk-Oskar übrigens, den Vornamen des Vaters. Als sich die Nachricht, Oskar Brunngraber habe sich vor den Zug geworfen, wie ein Lauffeuer verbreitete, fragten sich im ersten Moment natürlich viele, welcher von beiden.

Nur zwei Tage später wurde in einer Nachbarstadt die erste Ausstellung eröffnet, die auch einige *meiner* Bilder zeigte. Ich habe mir eingebildet, etliche Leute aus dem Publikum würden mich komisch anstarren, als ich anlässlich der bescheidenen Vernissage mit den beiden anderen Nachwuchskünstlern vorgestellt wurde. Der hat sich also doch nicht umgebracht, werden sie sich gedacht haben, habe ich mir vorgestellt.

Ihnen wird das alles konstruiert vorkommen, aber es ist doch die reine Wahrheit, wenn ich Ihnen sage, dass ich an jenem Sonntag exakt um jene Uhrzeit, als der Vater Schluss machte, gerade dabei war, meine Bilder in die Galerie zu überführen. Ich hatte lange mit mir gekämpft, die Einladung anzunehmen und als Kreativer einen ersten Schritt an die Öffentlichkeit zu wagen, selbstzweifelnder, autodidaktischer Schmieranski, der ich war. Es war, bei aller geschmacklosen Problematik dieses kühnen Vergleichs, letztendlich so etwas wie ein paralleler Befreiungsschlag von Vater und Sohn.

Bei dieser Vernissage habe ich übrigens zum ersten und zum letzten Mal den Siegelring des Vaters getragen, fragen Sie mich bitte nicht, warum. Brunngraber schenkt sich Wein nach. Jetzt lassen Sie mich die Flasche doch bitte nicht allein leeren, muntert er sein Gegenüber auf. Ich verstehe schon, Sie müssen nachher noch ein schönes Stück fahren, aber bisher haben Sie nicht einen einzigen Tropfen Alkohol intus.

Ein paar Straßen von der Wohnung entfernt hatte Vater seit ewigen Zeiten eine Garage angemietet gehabt. Kaum war er unter der Erde, wurden wir Söhne von der Großmutter, nicht von seiner eigenen Mutter übrigens, die war eine zurückhaltende Frau und wohnte weiter weg, sondern von der Schwiegermutter beauftragt, dort sauber zu machen.

Gemeint war in erster Linie, wir sollten die leeren Weinbrandflaschen, die der Vater an diesem Ort, weiß der Teufel warum, gehortet hatte, möglichst unauffällig entsorgen. Ich war etliche Jahre nicht in der Garage gewesen und stand jetzt fassungslos vor den Flaschenbatterien, die auf drei übereinander angebrachten, jeweils mehrere Meter langen Regalbrettern mit den Etiketten nach vorne aufgereiht waren. Ob Sie's glauben oder nicht, an die zwanzig große Plastiktüten haben wir damit gefüllt.

Brunngraber schüttelt langsam den Kopf und starrt dann ein paar Augenblicke ins Leere. Während ich da so im Nebel meines Gedächtnisses herumstochere, merke ich, dass ich mich korrigieren muss. Streng genommen war der Siegelring, wie mir jetzt zum ersten Mal klar wird, doch nicht das zeitlich letzte Überführungsstück, das ich mit meinem Vater in Verbindung bringe, das war vielmehr die rätselhafte Flascheninszenierung. Denn anders kann ich es nicht nennen. Und wieder stellte sich mir die Frage: zu welchem Zweck?

War der Mann schlicht stolz auf seine immense Saufleistung, oder diente ihm die ebenso erschütternde wie beeindruckende Installation mit ihrem unzweifelhaften work in progress-Charakter als Dokumentation seines Verfalls, als Menetekel gar? War sie, erneut beschäftigte mich diese für mich so wesentliche Unterscheidung, war sie überhaupt für ihn selbst gedacht oder, womöglich als indirekter Hilfeschrei, für andere Adressaten bestimmt? Außer seiner Frau, die das Auto bei seltenen Gelegenheiten ebenfalls benutzte, und der offensichtlich allgegenwärtigen, allwissenden Schwiegermutter dürfte von der Existenz dieser absonderlichen Stellage aber niemand die leiseste Ahnung gehabt haben, und die zwei Frauen waren ohnehin bestens vertraut mit seiner ruinösen Alkoholsucht.

Was also mochte den Vater geritten haben, ihr solcherart ein Denkmal zu setzen und damit gleichzeitig seinem Scheitern auf ganzer Linie? Trotz bester Schulnoten, trotz einem beruflichen Aufstieg wie aus dem Bilderbuch, anfangs zumindest. Ich habe bis zum heutigen Tag keine schlüssige Antwort darauf.

Brunngraber schaut auf die Uhr und schüttelt ein weiteres Mal den Kopf. Schon wieder eine Stunde verflogen, sagt er. Wenn ich auf diese Weise weitermache und jedes mentale Verwahrstück meines Lebens detailliert vor Ihnen seziere, sitzen wir am Morgen immer noch da, sofern Sie sich nicht vorher aus dem Staub gemacht haben.

Da ich nicht annehme, dass Sie sich ein zweites Mal auf so eine monumentale Suada einlassen wollen, werde ich mich mit Ihrem Einverständnis kürzer fassen. Jedenfalls nehme ich mir das vor und beginne am besten gleich damit, indem ich, was zu meinem Vater noch nachzutragen wäre, im Telegrammstil berichte.

Ich habe Sie mit seiner frühen Kindheit und dem gewaltsamen Ende in seinen Mittvierzigern vertraut gemacht. Dazwischen ereignete sich unter anderem folgendes: Die Großmutter strandete mit den beiden Kindern auf der Flucht zufällig hier in der oberbayerischen Provinz, viel später erst hat die Kriegerwitwe dann noch einmal geheiratet, der neue Mann starb aber bald wieder, lange vor meiner Geburt.

Oskar war ein stiller, gehorsamer Junge, stelle ich mir vor, bedacht darauf, als Ältester die Mutter, seinen einzigen Anhaltspunkt, nach Kräften zu unterstützen. Ein strebsamer, ausgezeichneter Schüler, absolvierte er anschließend eine Lehre zum Bankkaufmann, lernte mit knapp über zwanzig bei einem Firmenfest die noch etwas jüngere Tochter des Filialleiters besser kennen, eine angehende Bankkauffrau, die ihren Beruf gleich wieder an den Nagel hängen sollte. Er schlief mit ihr in einer Zeit, als Verhütung noch nicht öffentlich diskutiert werden durfte und die Antibabypille noch nicht Allgemeingut war. Das Ergebnis seines bis dahin wohl einzigen Fehltritts war ich.

Ich bezweifle stark, dass da neben der Lust auch Liebe im Spiel war. Und wenn, dann wohl nur in kleinen Dosen. Es waren Kinder, sage ich heute als Mann jenseits der fünfzig, der mittlerweile älter ist als der Vater, als er starb.

Eine Allerweltsgeschichte an sich, zumindest bis zu diesem Punkt, es musste natürlich geheiratet werden, und das Unglück nahm seinen Lauf. Sehen Sie, jetzt erst fällt mir auf, dass von meiner Mutter bisher so gut wie nicht die Rede war. Unglaublich. Aber symptomatisch, würde ich sagen.

Also, kurz weg vom Vater. Schon sind meine guten Vorsätze gebrochen, mich ganz auf ihn zu konzentrieren und ihn schnell abzufertigen. Mit meiner Mutter wird mir das vermutlich eher gelingen. Dazu muss ich aber erst einmal wieder die eine Großmutter aus dem Fundus holen, die Mutter meiner Mutter.

Sie ist die zentrale Gestalt im Familiendrama. Ich getraue mich zu behaupten, an ihrer unbeschreiblichen Dominanz sind sie alle zerbrochen, am wenigsten noch ihr Mann, der Bankchef, dem ich es zumindest nicht so doll angemerkt habe. Er hat sein schweigsames Nischendasein gelebt, er hatte nichts zu sagen, aber die Oma ließ ihn weitgehend unbehelligt, solange er sich nicht einzumischen versuchte.

Die Werkstatt war, wie gesagt, sein privates Reich, das schien ihm vollauf zu genügen. Dort machte er sich über alte Radioapparate her, hantierte er mit allerlei Kabeln, schnitzte und drechselte er und so weiter und so fort. Zum Erstaunen des kleinen Stoppels, der ich war, überführte er unansehnliche Holzstücke mit größter Geschicklichkeit in formschöne Gebrauchsgegenstände, ja, auch er hatte eine künstlerische Ader.

Auf seinem großen Eschenholzteller unten in der Küche liegt bei uns nach wie vor das Obst, und irgendwo müssten sich auch noch ein Salz und ein Pfefferstreuer aus seiner Fertigung versteckt halten. Regelmäßig bedachte Opa nämlich die gesamte Umgebung mit meistens mehr, manchmal auch weniger nützlichen selbstgeschaffenen Geschenken.

Mitbegründer der örtlichen CSU nach dem Krieg, hatte sich der Herr Bankdirektor zu meinen bewussten Lebzeiten längst aus allen Vereinen und der aktiven Politik zurückgezogen, kein Frühschoppen nach der Kirche am Sonntag, keine Teilnahme am Rentnerausflug. Was dafür der Anlass gewesen war, keine

Ahnung. Ich glaube auch nicht, dass ihn, seit ich dort wohnte, je ein alter Freund, ein guter Bekannter daheim aufsuchte.

Vor dem Fernsehschirm, den ihm die Oma bis zum späten Nachmittag nicht streitig machte, verfolgte er zu Zeiten Wehners und Brandts, Schmidts, Barzels und Scheels, vor allem aber des so legendären wie umstrittenen Franz Josef Strauß stundenlang die Bundestagsdebatten und griff lautstark ein, wenn ihm etwas nicht passte. Die Union war damals zum ersten Mal in Opposition und mein Großvater natürlich mit ihr. Fast nur in diesem Zusammenhang ist er mir polternd und echauffiert erinnerlich.

Bei diesen Gelegenheiten steigerte sich auch sein ohnehin ansehnlicher Zigarettenkonsum beinahe ins Unermessliche. *Flipper*, *Seniorenclub* und Co mied er konsequent, da war er entweder in der Werkstatt oder er studierte in der Küche die Zeitungen, zuweilen las er auch in einem Buch. Am Abend bei Omas Lieblingsprogrammen à la *Komödienstadel*, *Was bin ich?* und *Ein Platz für Tiere* nickte er, ebenfalls stets mit einem Glimmstengel bewaffnet, gerne ein, mehrere Brandlöcher in den Tischdecken bewiesen, dass das nicht ganz ungefährlich war. Immer häufiger legte er sich vor mir zu Bett.

Da fällt mir, mein Gott, daran habe ich seit damals kein einziges Mal mehr gedacht, da fällt mir wegen Opas Zigaretten die absurde Geschichte mit den rohen Kartoffeln wieder ein. Die sind offenbar ganz hinten in meinem Gedächtnisschuppen deponiert gewesen. Wenn wir Omas herzensgute jüngere Schwester im Niederbayerischen besuchten, bedeutete das hundertfünfundzwanzig beinharte Kilometer auf kurvigen Landstraßen, und mir wurde hinten meist fürchterlich schlecht. Nicht zuletzt, weil sich der Großvater selbst im Auto eine Lord extra nach der anderen anheizte.

Statt wenigstens diese Quelle meines Übels abzustellen, verordnete mir die Oma, während der ganzen Fahrt je eine mittelgroße rohe Kartoffel fest umklammert zu halten, ein Wundermittel sei das gegen das Schlechtwerden. Beim ersten Mal half das genau gar nichts, ich stand vornübergebeugt am Straßenrand und kotzte, zwei rohe Kartoffeln in zusammengekrampften Händen. Als mir am Abend bei der Rückfahrt bald wieder flau im Magen wurde, warf ich sie demonstrativ aus dem Fenster. Dann brauchst du dich nicht zu wundern, wenn dir wieder übel wird, lautete Großmutters sachkundiger Kommentar. Opa schwieg und rauchte.

Er klagte nie, war meiner Erinnerung nach trotz seiner Nikotinsucht kaum je wirklich krank. Eines Morgens wachte er nicht mehr auf. Unspektakulär selbst noch im Tod. Kein Wunder, dass er sich kompakt abhandeln lässt.

Ich nehme einen neuen Anlauf zu meiner Mutter, dem einzigen Kind des Paares. Von Persönlichkeit im landläufigen Sinn kann ich da kaum sprechen, denn eine solche hat sie für mein Gefühl nie entwickeln dürfen. Zumindest nahm sie sich nie die Freiheit dazu heraus. Sie blieb nicht nur, was ihre helle, fast durchscheinende Haut anlangte, furchtbar blass. Ihr ging jede Körperspannung ab, ihr Händedruck war absolut drucklos. Sie ist mir lebenslänglich wie ausgesaugt vorgekommen, ausgesaugt von der Oma.

Die klassische Hausfrau nach außen, war Mutter meilenweit davon entfernt, Haus und Herd souverän zu hüten. Omas langer lähmender Arm reichte bis tief in die Wohnung der Eltern hinein, die zu Fuß keine fünf Minuten entfernt lebten. Der kleine Oskar zwei ersparte sich, nebenbei bemerkt, in den meisten Fällen den faden Straßenumweg, schlüpfte viel lieber durch einen altersschwachen Holzzaun an der Rückseite des Genossenschaftshauses sowie durch die anschließende Hecke an der Grundstücksgrenze der Großeltern und war im Handumdrehen am Ziel.

In aller gebotenen Kürze: Ich bin schon da, nach sieben Jahren Schrecksekunde kommt wieder ein Kind und dann gleich noch eines, zuerst die Schwester, dann der jüngere Bruder. An zärtliche Gesten, unverstellte Herzlichkeit der Mutter kann ich mich beim besten Willen nicht erinnern, übrigens konnte auch sonst niemand in der Familie damit dienen. Nicht eine einzige Zeile aus einem Kinderbuch ist mir je vorgelesen worden, jedenfalls finde ich dazu keinen

Eintrag im Gedächtnisspeicher. Ich kam mir weder geliebt vor noch abgelehnt, sondern, Sie sehen, ich ringe nach einem passenden Ausdruck, vorhanden, ja, *vorhanden* trifft es vielleicht am besten.

Es wäre aber höchst ungerecht und falsch von mir, eine geknechtete Kindheit geltend zu machen. So war es nicht. Mir legte bis auf die Großmutter nie jemand ernsthaft etwas in den Weg. Die aber hatte nicht nur präzise Erziehungsvorstellungen, sondern verwöhnte mich gleichzeitig am meisten, materiell, meine ich. Also kam ich damit irgendwie durchaus klar.

Ich möchte die Oma, damit das klargestellt ist, auf keinen Fall dämonisieren. Sie war eben, wie sie war, und um uneingeschränkt so sein zu können, wie sie war, brauchte sie eine Umgebung, die sich ohne Widerstand darauf einließ. Die hat sie nach dem Prinzip der kommunizierenden Gefäße offenbar gehabt, ich sehe das ganz nüchtern. Sie tat wirklich alles für ihre Lieben, außer sich zurücknehmen. Und wer sich nie zurücknimmt, hat auch kein Gespür dafür, wie der Hase bei den anderen läuft.

Meinem Vater, der, hatte er erst einmal sein Quantum intus, zu kurzen weinerlichen Selbstanklagen neigte, beschied sie einmal barsch, er brauche ja bloß mit dem Saufen aufzuhören. Wenn *ich* jeden Tag acht Bier und fast eine halbe Flasche Cognac runterschütte, richtete sie ihm aus, geht es mir auch nicht anders wie dir. Ja eh, kann ich da nur sagen.

Unvergesslich ihre Angewohnheit, Anweisungen, Richtigstellungen, Anwürfe, Weisheiten, ja sogar simple Nachfragen, ob man zum Beispiel einen zweiten Knödel zum Braten serviert bekommen wolle, mit der durchgezogenen rechten Rückhand einzuleiten. Die schlug sie einem, widmete man ihr nicht sofort genug Aufmerksamkeit, unsanft auf den Oberarm und befahl schneidend: Horch! Hören und Sehen konnten einem da vergehen, auf der Stelle.

An jenem sehr warmen, sehr sonnigen Sommertag trug ich ein rotkariertes Hemd und die obligate kurze Lederhose, war, glaube ich, auf dem Sofa gerade in ein Micky-Maus-Heft versunken, als die entscheidenden Sätze fielen. Die Mutter war mit dem neuen Baby, das mich nur mäßig interessierte, gerade von der Entbindung nach Hause gekommen, es gab Kaffee und großmütterlichen Kuchen. Nach außen hin die perfekte Idylle der frühen siebziger Jahre, blütenweißes Tischtuch und Bärenmarkekondensmilch inklusive.

Wie stellt ihr euch das bitte jetzt vor? nahm die Großmutter mit vorwurfsvollem Ton in der Stimme ohne langes Herumreden das Heft in die Hand. Drei Kinder in dieser Wohnung? So einen großen Schuhlöffel gibt es gar nicht. Wisst ihr was, ich werd' euch den Oskar abnehmen, der kann bei uns drüben aufwachsen, da ist Platz genug.

Gern würde ich jetzt schildern, wie die Eltern nach dieser Eröffnung verdattert dasaßen, nach Worten rangen, aber ich habe dazu kein Bild mehr im Kopf. Um mich gekämpft haben sie sicherlich nicht, das steht fest. Schwuppdiwupp, und schon wurde ich an anderer Stelle verwahrt. Meine Meinung dazu interessierte jedenfalls keinen, das weiß ich tausendprozentig. Wie ein Requisit kam ich mir vor, ohne Worte dafür gehabt zu haben, wie ich mir vorkam. Worte hatte meiner Erinnerung nach in solchen Szenen immer nur die Großmutter, und das gleich jede Menge.

Bei nüchterner Betrachtung war Omas Argumentation häufig alles andere als stichhaltig. So winzig war die Elternwohnung beileibe nicht, die beiden Kleinen hätten sich halt ein Zimmer teilen müssen, mein Gott. Aber bekanntlich macht der Ton die Musik, die Eltern hatten ihrer Unlogik nichts entgegenzusetzen, wie sollte *ich* es da lernen?

Und was nun speziell meine Mutter anlangt, werde ich bis zum heutigen Tag den Verdacht nicht ganz los, dass sie von allem Anfang an einigen Gefallen daran fand, ein Kinderbürdendrittel weniger aufgehalst zu bekommen, zumindest vom Verwaltungsstandpunkt aus betrachtet.

Die Umbettung jener nun einmal vorhandenen menschlichen Unterbringungsnotwendigkeit namens Oskar hatte freilich auch für das Verwahrstück selbst gewisse Vorteile, es wäre ungerecht, das zu unterschlagen. Kein neuer quengelnder Säugling von früh bis spät, ich durfte mich nach Herzenslust ausbreiten und stand konkurrenzlos im Mittelpunkt, bei den Großeltern trank außerdem niemand über den Durst und machte mir Angst damit, obwohl mein Vater seine Sucht damals noch etwas besser im Griff hatte. Und wenn ich wollte, konnte ich mich untertags ja jederzeit hinüber zu meiner Stammfamilie verfügen.

Vater, der Schwiegersohn des Bankfilialleiters, war ursprünglich schnell zum Stellvertreter des Bankfilialleiters aufgestiegen, damals die Eintrittskarte in den erlauchten Kreis kleinstädtischer Honoratioren, auch diesbezüglich habe ich das Lenkungsgeschick meiner Großmutter mehr im Verdacht als Vaters außergewöhnliche berufliche Leistungen, obwohl ich dafür nicht den geringsten Anhaltspunkt, Obacht: *Anhaltspunkt,* habe.

Er war vom Naturell her sicherlich nicht ganz so schwach wie die Mutter, aber der mit Absolutheitsanspruch herrschenden Matrone konnte auch er kaum etwas entgegensetzen. Das nagte. De facto hatte er eine Frau, die ihm passiert war, weil ihm ein Kind passiert war. Schon das keine guten Voraussetzungen für ein geglücktes Leben.

Im Alltag aber stand ihm weit weniger diese wohl im Grunde ziemlich fremd gebliebene Ehefrau gegenüber, als Partnerin, als Miterziehungsberechtigte, als Widerpart, denn ihre Rolle war und blieb die einer Randfigur. Vater hatte es vielmehr in erster Linie mit einer bedenklich übergewichtigen, schürzenkleidgeschürzten Schwiegermutter zu tun, die auch in seinen eigenen vier Wänden das Kommando führte, Tag und Nacht massiv präsent war, auch wenn sich ihr Körper gerade einmal drüben bei ihr daheim befand.

Es gab, muss man sich vorstellen, einen intensiven Pendelverkehr zwischen dem Haus der Großeltern und der Elternwohnung. Mehrmals in der Woche, was sage ich, beinahe jeden Tag waren da mit der Oma zum Beispiel die warmen Kochtöpfe unterwegs und auf dem Rückweg mit ihrer Tochter die kalten, weil meine Mutter nach Großmutters unanfechtbaren Maßstäben eine hundsmiserable Köchin war. Mehrmals in der Woche machten sich zum Beispiel die Bügelwäscheberge auf den Weg zur Oma, die auch flickte, was es zu flicken gab, es wimmelte nur so von innerfamiliären Überführungsstücken, ja, man kann es durchaus so ausdrücken. Eines davon hieß halt Oskar und wurde, wenn es sich gebührlich aufführte, Oskarli gerufen.

Von da ab fehlte mir, bin ich aus der Distanz überzeugt, ein wirkliches Zuhause, ein Platz, wo ich hingehörte. Ich habe zwar den Großteil der Zeit, die ich in diesem sehr speziellen Biotop vorkam, mit einer entscheidenden Ausnahme im großen und ganzen leidlich funktioniert. Von außen betrachtet war ich ein einigermaßen pflegeleichter Träumer und, sofern ich überhaupt ans Kalkulieren dachte, auf den Weg des geringsten Widerstandes abonniert, darin dem jungen alten Oskar, meinem Vater also, wahrscheinlich durchaus vergleichbar, aber wirklich beheimatet fühlte ich mich weder dort noch da.

Was die Ausnahme vom Funktionieren anlangt, muss ich etwas weiter ausholen: Vor längerer Zeit kam ich mit meinem Freund Albert darauf zu reden, dass sein einziger Sohn, ein adoptiertes Kind aus Südamerika, gerade dreizehn geworden, aus scheinbar heiterem Himmel plötzlich jede schriftliche Arbeit in der Schule vermasselte. Der Junge sei nach wie vor freundlich, aufgeweckt, engagiert im Unterricht, lerne zuhause intensiv, aber kaum gelte es, sein fraglos vorhandenes Wissen schwarz auf weiß zu demonstrieren, Fehlanzeige.

Seine leibliche Mutter, eine damals Siebzehnjährige, sie war Peruanerin, wenn ich mich nicht täusche, hatte ihn gleich nach der Geburt zur Adoption freigegeben. Albert und Renate konnten keine eigenen Kinder bekommen, und Gabriel, ein außergewöhnlich intelligenter und charmanter Knirps mit indianischen Zügen, den sie schon als Säugling drüben abholen durften, machte ihr Glück vollkommen.

Als er zehn war, kam Renate bei einem Unfall ums Leben. Albert, nunmehr alleinerziehender Vater, und was für einer, muss ich voll Bewunderung hinzufügen, Albert war selbst ein Einzelkind alter, bereits verstorbener Eltern gewesen, und Renates Leute, sie hat, glaube ich, gleich mehrere Geschwister, leben alle dort oben in der Greifswalder Ecke, Vorpommern, ziemlich exakt am anderen Ende Deutschlands sozusagen, weitab vom Schuss.

Mittlerweile befindet sich Gabriel in Therapie, und Albert ist eröffnet worden, dass man das unerklärliche Schulversagen des Sohnes wohl in Zusammenhang mit dem gleich doppelten Mutterverlust bringen müsse. Daran hatte Albert auch schon gedacht, aber warum mit drei Jahren Verspätung?

Nun, nach Renates tragischem Tod blieb dem Kind einzig Albert als greifbare Bezugsperson, als stabiler Anker erhalten. Und der ist, verglichen mit den meisten Vätern der Klassenkameraden, nicht mehr der Jüngste, übernächstes Jahr schon wird er in Rente gehen. Die beiden verstehen sich übrigens ausgezeichnet, ein Bilderbuchverhältnis, wenn Sie mich fragen.

Jedes Kind brauche spätestens in der Pubertät Reibebäume aus der Erwachsenenwelt, erklärte ihm der Therapeut, um sich von den Eltern abzugrenzen, um eine eigene Identität gewinnen zu können. Bewusst würde es sich Gabriel schlicht nicht erlauben dürfen, gegenüber dem einzigen Menschen, der da ist für ihn, selbstlos da ist, in welcher Sache auch immer aufzubegehren. Das verbiete ihm kein kaltes Kalkül und auch nicht ein Übermaß an Dankbarkeit, sondern quasi der Instinkt, sage ich einmal laienhaft.

Das partielle Schulversagen, gegen das Gabriel an der Oberfläche zweifellos nach bestem Wissen und

Gewissen ankämpft, könnte nun ein Mittel sein, meinte der Therapeut, ein jenseits des Bewusstseins eingesetztes Mittel wohlgemerkt, Erwartungshaltungen nicht zu genügen, mit einem Wort, aus sich selbst einen riesengroßen Mühlstein zu machen, an dem sich der scheinbar ideale Vater die Zähne ausbeißen muss, ohne Gabriel wirklich böse sein zu können. Als wandelndes Problem hätte der Pubertierende, pointiert ausgedrückt, jedenfalls eine eigene, von Albert abgesetzte Identität gewonnen.

Das wird garantiert der einzige Sidestep in eine andere Familiengeschichte bleiben, beschwichtigt Brunngraber, das Weinglas an den Lippen, und es klingt ein bisschen danach, als habe er ein schlechtes Gewissen. Aber mir sind damals, setzt er fort, große Ohren gewachsen, als Albert das in aller Ausführlichkeit vor mir ausbreitete. Auch ich habe mich nämlich bald nach der Übersiedlung zu den Großeltern auf den Weg zum totalen Schulversager gemacht, schleichend am Anfang, denn nach der vierten Klasse war das Zeugnis noch halbwegs in Ordnung.

Dann aber kam es knüppeldick. Zweimal konnte ich mich gerade noch so durchschwindeln, in der Siebten bin ich zum ersten Mal mit Bomben und Granaten gescheitert. Wenn ich spät und mit hängendem Kopf von der Schule heimkam, bekam ich im Großelternwohnzimmer das stets überreichliche Essen serviert, während sich die Mutter und vor allem die Oma draußen in der Küche gut hörbar und regelmäßig über mein vormittägliches Versagen ausließen.

Wie ein Aussätziger kam ich mir vor. Lange lautete der Befund: Er tut einfach nix, später hieß es: Er taugt einfach nix. In der dritten Person wurde ich verhandelt und musste noch zuhören dabei. Meistens habe ich mich dann geknickt in mein Zimmer verzogen, laut Akkordeon gespielt und gesungen, Volkslieder, Schlager. Noch so ein Überführungsstück, denn auf ihm Musik zu machen versetzte mich zuverlässig zwar nicht in die nächsthöhere Klasse, aber immerhin in ein Behagen, das anspruchsvolle Instrument mühelos zu beherrschen, für mein Alter sogar recht gut, würde ich sagen.

Meine geliebte Hohner-Ziehharmonika, zweiundsiebzig Bässe, bekam ich von den Großeltern zu Weihnachten geschenkt, als ich elf war. Damals zeichneten sich meine Schulprobleme bereits ab, und sie konnten es sich nicht verkneifen, auf einem zugehörigen Weihnachtskärtchen dem Christkind mahnende Worte an das oder den Oskarli in den Mund zu legen, der bestimmte Artikel variierte.

Nur wenn ich sehr fleißig lernte, würde ich dereinst ein Studium schaffen und einen guten Beruf ergreifen können. Das ersehnte Instrument möge mich dazu motivieren, aber ja nicht ablenken. Sechs Jahre Unterricht bei einem ausgezeichneten Lehrer sollten folgen, Aufbau, Etüden, Harmonielehre, das ganze Programm. Ich war mit Leib und Seele dabei, und der Erfolg stellte sich schnell ein. Nicht so in der Schule.

Dabei *wollte* ich doch lernen. *Lernte* auch viel, weil mich viel interessierte, nur leider nicht genug von dem öden Zeug, das in der Schule verlangt wurde von mir. Oder doch? Ich hab' zeitweise, denke ich länger darüber nach, schon echt gebüffelt, die Mathematik, ein langweiliges Buch mit sieben Siegeln, die alten Sprachen, aber oberflächlich, falsch, trotzig, bloß gegen das schlechte Gewissen, ohne dass mir trotz Nachhilfestunden je der Knopf aufgegangen wäre, wie man vergeblich gehofft hatte.

Trotzdem, mein Komplettversagen blieb mir ein Rätsel, es waren schließlich auch andere stinkfaul, fauler als ich, und kamen doch irgendwie durch. Minimalisten wurden sie von den Lehrern genannt, und da schwang durchaus Anerkennung mit. Ich war keiner dieser Minimalisten, ich war eine Niete, ein nun einmal vorhandener Nichtsnutz.

Opa, von Mutter und Oma in ihrer Verzweiflung zugezogen, bemühte sich einmal, mir drastisch vor Augen zu führen, wie das alles enden würde für mich, bestenfalls als Kameltreiber oder, wenn's auch dafür nicht reichen sollte, gar als Affentratzer. Er meinte es bitterernst, aber der Affentratzer war so komisch, dass ich, gerade noch ein Bild des Jammers, laut auflachen musste. Made my day, würde man heute sagen.

Welche Signale wollte ich also an meine Umgebung

aussenden, ohne davon eine Ahnung zu haben? Ging es auch bei mir um Abgrenzung, Widerstand, Identitätsfindung? Wollte ich, das im alltäglichen Umgang weitgehend fügsame Versatzstück, indirekt rebellieren, wichtiggenommen werden? Ich weiß nur, mir ging es schlecht dabei, jahrelang verdammt schlecht dabei, und als ich von Gesetz wegen aus Altersgründen nicht mehr wiederholen durfte, stand ich endgültig vor dem Abgrund. Ich hätte wahrscheinlich gern mit der Schule weitergemacht, noch etliche Jahre so irgendwie weitergemacht, die damit verbundene Unlust, die Schimpftiraden hätte ich demütig auf mich genommen wie der Jesus das Kreuz. Ich hatte mich im Unglück eingelebt und in meiner Luftschlossfluchtburg.

Denn im Kopf war ich ohnehin längst komplett woanders, beim Malen und beim Theaterspielen, beim Musizieren und beim Bücherverschlingen. Der Berufsberaterin antwortete ich auf ihre erwartbare Frage, was ich werden wolle, wahrheitsgemäß und knapp: Schauspieler. Da kannst du wer anderer sein, hatte ich mir ausgemalt und auf der Schulbühne bereits ausprobiert, dich verstecken und gleichzeitig präsent sein, dir Bestätigung holen, ohne allzu viel von dir preiszugeben.

Großmutter und Mutter, die mich begleitet hatten, versanken im Erdboden. Ihnen gegenüber hatte ich nie die leiseste diesbezügliche Andeutung gemacht. Die Berufsberaterin aber lächelte nur und formulierte jenes Satzfragment, das mir auf der Stelle allen Mut nahm, mir eine Bühnenausbildung zuzutrauen: Jetzt aber mal im Ernst, sagte sie.

Kurz nachdem ich, wie ich es gerne ausdrücke, von der Oma auf Dauer bei ihr eingezogen wurde, durchlebte ich scheinbar eine religiöse Phase. Um den lieben Gott selbst ging es mir dabei aber nur am Rande, so ein Gottesdienst war für mich vielmehr großes Theater. Ich funktionierte mein Zimmer im Kopf in eine Hauskapelle, ach was, in eine Kirche um, zog mein einziges blütenweißes Hemd an, entwendete der Großmutter, die in einer alten Truhe ihre Stoffvorräte aufbewahrte, zwei, drei Laufmeter Stoff in österlichem Violett fürs Messgewand, kürzte das Teil und schnitt ihm in der Mitte ein halbwegs rundes Loch für den Kopf hinein.

Aus der Vitrine besorgte ich mir ein grünfüßiges, mit Goldrand und eingeätzten Weintrauben verziertes Viertelliterrömerglas als Kelch, den ich mit unverdünntem Himbeersaft füllte, dem zähen Blut Christi. Oblaten für seinen Leib fanden sich in der Speisekammer, und ein dickes altes Gebetbuch ließ sich auch ohne Schwierigkeiten auftreiben. Weiters wusste ich genau, wo im Keller der Christbaumschmuck lagerte. Für die Wandlung schnappte ich mir daraus das silberne Weihnachtsglöckchen, und los konnte es gehen.

Die liturgischen Texte waren mir einigermaßen vertraut, aber so genau wollte ich es ohnehin nicht nehmen. Mindestens so wichtig war das viele Hinknien, Aufstehen, Hinsetzen, das Singen, die große Geste des Zelebrierens natürlich, das Segnen. Nur die Gläubigen, die am Schluss in Frieden hingehen sollten, fehlten. Ich tat es eine Zeitlang nur für mich, unentdeckt, aber als sich die eine Oma einmal bei der anderen ankündigte, heftete ich unten an der Klotür mutig einen Zettel an, wann der nächste Gottesdienst stattfinden würde.

Für die strenggläubige Vateroma, der ich eine besondere Freude bereiten wollte, war schon der Ort der Bekanntmachung schwer zu verdauen, aber ihr Schrecken wurde erheblich gemildert, als sie meine Schauspielleidenschaft als religiöse Inbrunst missdeuten durfte und sich sicher war: Der Bua muass Pfarrer wern! Und in ihren allerletzten Stunden ist der Wunsch dann ja auch in Erfüllung gegangen. Bühnendarsteller dagegen wurde ich nicht, jedenfalls nicht im Hauptberuf.

Mit fünfzehn, sechzehn begann ich, mich für Literatur-, Musik- und Kunstgeschichte zu interessieren, für die Hintergründe meiner Leidenschaften also, ich sehnte mich in meinem Schwebezustand wohl nach einem tragfähigen Fundament. Aus diesem Grund belegte ich sogar Altgriechisch als Schulfach im Gymnasium. Fühlte sich aber enttäuschenderweise an wie Latein, nur mit anderen Buchstaben: Grammatik, Vokabeldrill, Niederlagen am laufenden Band.

Einen einzigen merkwürdigen Satz kann ich noch aufsagen: Ὁ ὄνος φέρει τον λίθον, der Esel schleppt den Stein, den Felsen. Sonst ist so ziemlich alles verschwunden, außer vielleicht das eine oder andere zu Recht berühmt gewordene kurze Zitat aus dem antiken Geisteskosmos à la Γνῶθι σαυτόν oder Πάντα ῥεῖ. Warum behauptet sich ausgerechnet der eine alberne Satz mit dem Esel in mir?

Mein erstes Kunstwerk schuf ich, da dürfte ich ungefähr vier gewesen sein. Es war keine Originalschöpfung, sondern von der gleichaltrigen strohblonden Elfi abgeschaut, die in unserer Straße lebte. Bei ihren Leuten entdeckte ich eines Tages im Wohnzimmer zwei wunderliche Objekte, deren Anblick mich faszinierte. Dabei handelte es sich um wahrscheinlich mit grauem Ton ummantelte leere Flaschen. In diese Masse hatte Elfi Glasperlen, Muscheln, Pfennige, Groschen und anderen Krimskrams hineingedrückt, sogar winzige Spiegelbruchstücke, in denen man Teile von sich selbst sehen konnte. So etwas Tolles wollte ich auch zuwegebringen.

Bei Mutters Tante in Niederbayern, der Schwester meiner Großmutter, fiel mir bald darauf eine rot angemalte, aus ihrem Bastkleid geschälte bauchige Chiantiflasche ins Auge, die wohl als Vase gedacht war. Ich bettelte darum, sie mitnehmen zu dürfen, was zwar allgemeine Verwunderung auslöste, aber diese warmherzige, humorvolle Großtante, bei der mir vor allem mein Vater immer wie ausgewechselt erschien, aufgeräumt, witzig, charmant, die Großtante also schlug mir den sonderbaren Wunsch nicht ab.

Ich wollte die Eltern mit dem Ergebnis meiner Bemühungen überraschen und wartete einen günstigen Moment ab. Bei der nächsten Gelegenheit, als sie mich für ein Wochenende bei den Großeltern abgeben wollten, entleerte ich den kleinen roten Spielzeugarztkoffer in meine Legokiste und befüllte ihn heimlich mit dem Inhalt von Mutters Schmuckschatulle. Auch das Plastilin vergaß ich nicht mitzunehmen. Eine logistische Glanzleistung, denke ich mir heute.

Dazu die so schön kräftig bemalte Chiantiflasche, und es konnte im Prinzip losgehen. Nun galt es nur noch zu warten, bis die Oma mit dem Kochen beschäftigt war, und dann ließen sich ungestört grüne, gelbe und blaue Patzen auf die rote Flasche pappen. Wie mit einem Nudelwalker verteilte ich durch Hin- und Herdrehen des Gebindes auf dem Parkettboden die Masse jeweils gleichmäßig und verzierte das Ergebnis reich, indem ich Mutters Ringe, Broschen und ihre glitzernden, tropfenförmigen Ohrgehänge einarbeitete. Ich erweiterte Elfis Grundkonzept schließlich noch dadurch, dass ich den nackten Flaschenhals mit zierlichen goldenen Armreifen und einer doppelt um ihn geschlungenen Perlenkette behängte.

In meiner Kopfasservatenkammer nimmt dieses kühne Objekt einen besonderen Platz ein, verbinde ich mit ihm doch einerseits ein unbeschreibliches Glücksgefühl. Mir war überzeugend gelungen, was ich mir vorgenommen hatte. Andererseits ist es jener bis zum heutigen Tag in mir aufbewahrte Gegenstand, der realiter am kürzesten Bestand gehabt haben dürfte. Meine Eltern bekamen ihn gar nicht erst zu Gesicht, denn mir schien die Zeit bis zum Sonntagabend entschieden zu lang, um das Geheimnis meines Wunderwerks für mich zu behalten.

Im Bestreben, schon früher das mir zustehende Lob und die verdiente Bewunderung einzuheimsen, beging ich einen verhängnisvollen Fehler und weihte meine Oma ein. Die schlug zuerst ihre Hände über dem Kopf zusammen und machte sich dann unter wildem Gezeter sofort daran, die Pretiosen aus ihrem Plastilinbett zu reißen und zu reinigen. Ich brach in Tränen aus, war völlig konsterniert und den langen Rest des Wochenendes für nichts zu gebrauchen.

Als sie endlich heimkamen, wurde den Eltern mein Frevel natürlich brühwarm hinterbracht, sogar der ansonsten zurückhaltende Opa schloss sich der Schimpforgie an, und mein Vater setzte mit einer geschmalzenen Ohrfeige den Schlusspunkt. Ich musste sofort ins Bett.

Kostproben Brunngraberschen Telegrammstils sind das, holt Brunngraber sich auf seinen ausgebauten Dachboden zurück. Er greift nach einem Keks, beißt ab, legt den Rest zur Seite, trinkt Wasser, trinkt

Wein, steht auf, öffnet die Masche der vorbereiteten Mappe, einer anderen, wesentlich dickeren als zu Mittag, und legt einige seiner farbintensiven Bilder nebeneinander auf den großen Couchtisch, kleine Formate.

Ich rechne es mir hoch an, fährt er fort, während er zwei Schritte zurücktritt, die Stirn runzelt und das Arrangement aus der Distanz begutachtet, ich rechne es mir hoch an, dass ich mir als kleines Kind von diesem wiederholten Scheitern viel weniger den Schneid abkaufen ließ als zum Beispiel von der Berufsberaterin mehr als ein Dutzend Jahre später.

Nur ein paar Monate nach dem Flaschendrama spielte sich die Lederhosentragödie ab, erzählt Brunngraber und setzt sich wieder in den Lehnstuhl. Oma und Opa hatten mir ein edles Exemplar gekauft, für die Sonntage, wie sie sagten, aus weichem, dunklem Sämischrauhleder, wenn ich mich recht erinnere. Dass das etwas ganz Besonderes sein musste, vergaß die Großmutter nicht zu betonen. Sie dürfte diese Tatsache, um dementsprechende Dankbarkeitsbezeugungen meinerseits zu motivieren, so oft hervorgehoben haben, dass ich es für geraten hielt, einen gestalterischen Eingriff vorzunehmen, der das gute Stück tatsächlich zu etwas Einzigartigem machte. Denn auf dem Kirchplatz nach der Messe hatte für mein Gefühl mindestens jedes zweite männliche Wesen vom Knirps bis zum Methusalem bayerische Hosentracht an, die meiner fast aufs Haar glich.

In Opas Werkstatt fand sich alles, was ich brauchte, ein breiter Pinsel und eine Dose weißer Lackfarbe, an der das Unternehmen aber zu scheitern drohte, weil ich den Deckel nicht gleich aufbrachte. Nur mit dem unbändigen Willen des wild Entschlossenen und mit einem Flachschraubenzieher als Hebel klappte es schließlich doch. Ich verschüttete nur wenig.

Mir schien es am zweckmäßigsten, die nigelnagelneue Lederhose bei der folgenden Prozedur anzuhaben. Akribisch bestrich ich die gesamte Vorderfront mit Ausnahme der Hosenträger, trat dann beglückt ins Freie, stolzierte erwartungsfroh die Straße auf und ab und zog in der Tat sofort neugierige Blicke auf mich, die mir bestätigten, die Mühe hatte sich gelohnt. Es war die Zeit des Aktionismus, der Happenings, ich hatte mein erstes hinter mich gebracht, ohne es zu wissen.

Die Sache endete, wie sie enden musste. Meiner Logik wollte niemand folgen, ich hätte sie mit Worten auch nicht wirklich vermitteln können. Temperaturbeständig und leicht zu reinigen sollen sie sein, die Dinger, heißt es bis heute in der Werbung. Letzteres jedenfalls ist eindeutig gelogen, glauben Sie mir. Das Strafgericht erreichte biblische Ausmaße, die schöne halbseitige Lacklederhose wurde umgehend vernichtet.

Unter Garantie würde sie, gäbe es sie noch, in diesem Raum gerahmt an einer der hohen Wände einen Ehrenplatz gefunden haben. Aber hier oben, Brunngraber tippt mit dem Finger auf seine Stirn, hier oben ist sie unauslöschlich asserviert, gleich neben dem Chiantiflaschenobjekt und weiteren Zeugnissen künstlerischer Frühreife, die ich Ihnen ersparen will, ersparen muss. Allesamt gespeist vom Paralleluniversum, in dem ich mich so wohlfühlte, das aber regelmäßig mit jener vordergründigen Welt kollidierte, die mir von Jahr zu Jahr mehr zu schaffen machen sollte.

Eine einzige dazu passende Geschichte füge ich noch an, um Ihnen vor Augen zu führen, wie treu ich mir offenbar geblieben bin, ohne es bewusst darauf abgesehen zu haben. Sie ist, über den Daumen gepeilt, zehn, elf, vielleicht auch zwölf Jahre später anzusetzen, jedenfalls nachdem mir die Ausstellung im Gymnasium den Weg gewiesen hatte.

Fronleichnam stand vor der Tür, und wie immer erging der kleinstädtische Aufruf, die Häuser an jener Route festlich zu schmücken, durch die sich die feierliche Prozession wälzen würde. Überall hingen schon stramm die Fahnen, endlose Reihen ermordeter Birken standen geduldig Spalier, sogar Yuccapalmen waren aus den Wintergärten an den Straßenrand gekarrt worden, als mir knapp vor dem Festumzug der Gedanke kam, selbst einen Beitrag zur allgemeinen Verschönerung leisten zu wollen.

Also befestigte ich an der Außenseite des großelterlichen Holzbalkons unterhalb der Blumenkistchen voll üppig wuchernder bunter Geranien mit

Spagatschnüren eines meiner ersten Großformate. Ein abstraktes Gebilde aus dicken, schwungvollen Pinselstrichen war da zu sehen, oben ausgreifend blau, fast körperlich, darunter ein mählicher Wandel ins Rötliche. Irgendwie eingeschnürt, weit weniger großzügig dann das Bildzentrum, blutrot und konzentriert, auf einem Weißschwarzgrau als scheinbare bucklige Auflage, über die das Blutrot nur so troff, während dahinter auch das Schwarzgrauweiß, den Gesetzen der Schwerkraft gehorchend, in entlaufenen Bahnen nach unten strebte.

Ich trat vor das Haus auf die gegenüberliegende Straßenseite und ließ die Szene auf mich wirken. Das dürfte meine Großmutter leider mitbekommen haben, denn wie aus dem Nichts stand sie, schon im Festtagsgewand, plötzlich neben mir und wandte den Blick ebenfalls nach oben.

Damit Sie mich bitte nicht missverstehen: Meine Aktion war keineswegs als vordergründiger Protest gegen den barocken Katholizismus, bayerische Bräuche, das spießige Provinzlertum oder weiß der Kuckuck was konzipiert, konzipiert war sie, wie gesagt, überhaupt nicht, sondern Frucht eines spontanen Entschlusses. Ich wollte ganz naiv dem, was gemeinhin als kirchenfestlicher Hausschmuck angesehen wurde, ein mir gemäßeres ästhetisches Konzept an die Seite stellen. Schließlich lebten wir in einer Demokratie.

Oma flippte trotzdem aus. Es kam zum Streit, und

zum ersten Mal drohte sie unverhohlen damit, mich vor die Tür zu setzen. Wenn *das* bleibt, tobte sie, kannst du schauen, wo *du* bleibst. Schon konnte man in der Ferne die elegischen Klänge der Blasmusikkapelle hören, als ich endlich klein beigab und das Bild einzog. *Einziehen*, damit beschäftige ich mich beruflich mittlerweile jeden Tag. Ich ziehe auf Beschluss der zuständigen Behörde ein. Damals war das eindeutig meine Großmutter.

Das Gegenständliche hat sich nach dem Urerlebnis der Ausstellung in meiner Schule schnell und auf Dauer verabschiedet aus meinen Malversuchen, leitet Brunngraber über zu den Blättern vor ihm, von denen er gerade eines mit ausgestrecktem Arm zwischen Daumen und Zeigefinger hochhält. Als hätte ich es geahnt, dass mich eine unabsehbare Fülle von Gegenständen auf einer anderen Lebensschiene dereinst überfluten würde.

Hier nun also ein paar weitere Beispiele im Original. Brunngraber deutet auf die Bilder vor ihm. Greifen Sie ruhig zu, wenn Sie wollen, lassen Sie sie in aller Ruhe wirken auf sich, während ich weitererzähle. Finden Sie einen Zugang? Ist ja nicht jedermanns Sache, und schließlich sind Sie nicht als Kunstliebhaber auf mich gestoßen, schon gar nicht als Liebhaber *meiner* Kunst.

In den letzten beiden Schulferien vor meinem Rauswurf, kehrt Brunngraber in seine Jugend zurück, hatte ich mir selbst einen ungewöhnlichen Ferienjob geschaffen. Die Familie, dem ewigen Sorgenkind ebenso rat- wie hilflos gegenüberstehend, war geneigt, meine Geschäftsidee denn auch als unerwarteten Hoffnungsstrahl zu deuten, als Strohhalm, als kleines Indiz, ich würde doch noch zur bayerischen Normalität zurückfinden können. Obwohl, peinlich war es meinen Leuten schon, den Oskar als besseren Hausierer unterwegs zu wissen.

Ich betätigte mich nämlich als Bauernmaler, zog mit meinem alten Fahrrad von Hof zu Hof und zeigte meine Musterbögen her, fragte ungeniert, ob etwa ein alter Schrank oder eine ausrangierte, zum Schirmständer umfunktionierte Milibitschn, das sind die großen, schweren Milchkannen aus Metall, nicht längst darauf warteten, von mir mit traditionellen bunten Farbornamenten verziert zu werden. Vor allem Pflanzen-, Blumenmotive fanden Anklang. Im Angebot für den kleinen Geldbeutel hatte ich ferner gedrechselte Eierbecher, Spanschachteln und Holzkleiderbügel, alles von mir dekoriert, echte, gediegene Handarbeit.

Heute frage ich mich, woher ich den Mut nahm, überall anzuklopfen, aber wahrscheinlich war ich gar nicht mutig, sondern bloß naiv, reiner Tor, ausgestattet mit einer gewissen Portion Schmäh, wie die Österreicher sagen. Als solcher dürfte ich etliche meiner potentiellen Kundschaften dermaßen überrumpelt haben, dass sie zunächst zwar verwirrt und skeptisch reagierten, aber keine wirksame Gegenstrategie fanden und sich schließlich doch auf einen Handel einließen.

Zu ihrem fünfundsechzigsten Geburtstag fertigte ich, wohl um sie gewogen zu stimmen, sogar eine realistische Bleistiftskizze meiner Großmutter an. Der Schuss ging aber nach hinten los, denn diese unerwartete Talentprobe ließ sie nur noch heftiger auf meine sinnlosen Schmierereien reagieren. Wie man es auch machte, man machte es zuverlässig verkehrt.

In mir brodelte es jedenfalls gewaltig weiter, und dieses Brodeln suchte sich ebenso zuverlässig wie regelmäßig einen Ausdruck, ein Ventil. Selten habe ich ein einziges Bild gemalt, fast immer sind, übrigens bis auf den heutigen Tag, rauschhaft Serien entstanden, denen man, ohne dass ich darauf bewusst Rücksicht nehme, eindeutig ansieht, sie gehören zusammen.

Vorübergehend wurden mir Stilisierungen wichtig, bezeichnenderweise hauptsächlich dort, wo mich niemand sah. In meiner Künstlerklause trug ich zumeist einen breitkrempigen, schwarzen Schlapphut, der skelettierte Schädel eines Rehs schmückte gemeinsam mit dreizehn Stück echter, bohnenförmiger Rehwildlosung als Memento mori in einem Glasaschenbecher, den ich in einer Bar entwendet hatte, das Nachtkästchen, und für einen echten Orang-Utan-Finger wäre ich damals vermutlich sehr dankbar gewesen.

Bald ersetzte etwa Gustav Mahler Pink Floyd als

musikalischen Background meiner Sessionen, und im nachhinein wundert es mich, dass harmlose Zigarillos das einzige blieben, was ich damals rauchte. Ich begann, Georg Trakl zu lesen, Arthur Rimbaud, Jean Genet und und und.

Mein Zimmer durfte keiner mehr betreten. Oma erblickte in ihm ohnehin Sodom und Gomorrha auf einem Haufen und betrachtete den Saustall, in dem, wenn man vom Ateliereck absah, genau wie hier durchaus Ordnung in der Überfülle herrschte, fürderhin als exterritoriales Gebiet, ihrer Hoheitsgewalt nicht länger unterlegen, aber zu unbedeutend, um es mit Krieg zu überziehen. Unser Verhältnis war damals, ich bemühe noch einmal den einschlägigen Jargon, von nachhaltigen diplomatischen Verstimmungen gekennzeichnet.

Draußen vor der Haustür hatte ein anderes, bodenständigeres und ohne Verkleidungen auskommendes Ich in mir inzwischen gelernt, seine Schlagfertigkeit, sein Sprachgefühl und sein Faible für die Clownerie produktiv einzusetzen. Es bereitete mir Vergnügen, Lehrer und Prominente zu imitieren, ich deklamierte auswendig Karl Valentin, Eugen Roth, Heinz Erhardt und auch schon den in Bayern noch wenig bekannten Robert Gernhardt. Ich habe Ihnen heute mittag bereits auseinandergesetzt, dass ich auf diese Weise allmählich meinen Platz unter den wacheren Jugendlichen der Kleinstadt eroberte. Als spontaner

Alleinunterhalter, auch schon mit Akkordeonakkorden zur Untermalung, feierte ich, wie vorher nur im Schultheater, erste bescheidene Erfolge.

Die taten gut, denn anderswo waren sie für mich dünn gesät, verdammt dünn. Sportlich war ich eine Null und weitgehend desinteressiert an Bundesliga, Skizirkus, Formel eins und Co, die Zwangsentschulung stand bevor, mit den Mädchen hatte ich abseits der Spaßmacherei lange so meine Probleme, der Vater glitt immer mehr ab. Überhaupt die Familie. Und ich mochte mich selbst nicht recht.

Ins Reich der Farbschmierereien wollte oder konnte mir außer Heinrich, solange er noch da war, die längste Zeit kaum wer folgen, das war einerseits ziemlich ernüchternd, andererseits ließ sich unter diesen Umständen meine schutzbietende Rolle als einsamer, verkannter Kunstwolf ungestört kultivieren. Über den Selbsttherapiegehalt meines Tuns wusste ich früh Bescheid, das tat meiner Leidenschaft aber keinen Abbruch, ganz im Gegenteil.

Ich hatte damals auch begonnen, Texte zu schreiben, Gedichte, kurze Prosa, doch seltsam, während mich das wilde Malen beruhigte, befreite, machte mich das stille Notieren dessen, was mir so einfiel, zunehmend nervös, schnürte mir manchmal fast den Hals zu. Vielleicht fehlte mir dazu eine Mentorengestalt wie der einarmige Heinrich, ich glaube aber eher, dass es an etwas anderem lag.

Selbst zu verantwortende Worte konnten mir kein geeignetes Versteck bieten, sie blieben auch metapherndurchsetzt viel zu konkret, man hätte mich festnageln können, in Grund und Boden kritisieren. Dafür war ich als junger Mensch eindeutig zu schwach. An meiner Neigung, an meiner Liebe zur Sprache, zur Literatur änderte das jedoch nicht das geringste. So wurde ich in der Öffentlichkeit zu ihrem dienstfertigen Geist, zum bloßen Vermittler, privat ein begeisterter, geradezu süchtiger Leser und ich bin ganz zufrieden damit. Ob ich Talent fürs Schreiben gehabt hätte? Eine müßige Frage, es ist eben anders gekommen. Dort drüben liegt eine Kladde, in die ich, nur für mich, mehrmals in der Woche Einträge vornehme, Erlebtes, Reflexionen, Spintisierereien.

Brunngraber schenkt sich Wasser nach. Das Glas nimmt er in beide Hände, stützt die Arme auf die Oberschenkel, beugt sich vor, senkt den Kopf und hält es zwischen den Knien umklammert. Er schaut zunächst nicht auf, als er wieder auf das Malen zu sprechen kommt.

Ein einziges Mal verabschiedeten sich für einige Monate sämtliche Farben aus meinen Blättern, es blieben nur Schwarz und Grau in allen Abstufungen. Ich schwöre Ihnen, dass das keine bewusste Entscheidung war, wie ja kaum etwas, das ich mit dem Pinsel aufführe, die Folge konkreter Überlegungen ist. Der Anlass war nicht, wie Sie womöglich jetzt vermuten, Vaters dramatische Selbsttötung. Aber die Eisenbahn, die war tatsächlich wieder im Spiel.

Dem nunmehrigen Asservatenbeamten Oskar Brunngraber, dem, wie Sie sich vielleicht erinnern, im Morddezernat die Akte Oskar Brunngraber senior dereinst erspart geblieben war, weil er gerade Zivildienst leistete, wurde nämlich eine Akte in einem Verfahren gegen unbekannt zugemutet, die den verunfallten Herbert Brunngraber zum Gegenstand hatte.

Mein Bruder, acht Jahre jünger als ich, Techniker von Beruf, arbeitete bei der Deutschen Bahn und war samt seinem Bautrupp nach einem Orkansturm damit beschäftigt, kaputte Oberleitungen zu reparieren. An sich eine Routinesache. Beim Versuch, eine dieser Leitungen zu erden, erwischte ihn, weiß der Teufel wie, trotzdem der Starkstrom. Wie die staatsanwaltschaftlichen Erhebungen ergaben, war keinem der Beteiligten ein schuldhaftes Verhalten nachzuweisen, alle Vorschriften wurden eingehalten. Klinisch war Herbert schon tot gewesen, Reanimation bei Kammerflimmern, ein Vierteljahr Koma.

Ich hatte das zweifelhafte Vergnügen, einen seiner Schuhe zu asservieren, mit deutlich sichtbaren Spuren, wo der Strom aus Herberts Körper wieder austrat. Angeschmort war auch sein linker kleiner Finger.

Meine Geschwister waren bessere Nachbarskinder für mich. Da kam viel zusammen, der signifikante Altersunterschied, meine Zwangsüberführung in den

Haushalt der Großeltern, wohl auch das diffuse Empfinden, Herbert sei letztlich verantwortlich dafür, dass Vater und Mutter widerstandslos auf mich verzichtet hatten. Später taten mein Schulversagertum, meine innere Gespaltenheit und Versponnenheit ihr übriges, dass da ein Graben blieb, der erst, als auch Schwester und Bruder erwachsen wurden, von beiden Seiten zugeschüttet wurde, zugeschüttet werden konnte.

Manuela blieb mir lange besonders fremd, obwohl ich ihre offensive Weltaneignung insgeheim bewunderte. Als sie zu Kindergartenzeiten einmal gefragt wurde, wen aus der Gruppe sie zur samstagnachmittäglichen Geburtstagsfeier einladen wolle, meinte sie, ohne viel nachzudenken: Alle. Selbstsicher, dynamisch, mit ungewöhnlicher sozialer Kompetenz ausgestattet – ich fragte mich immer, von wem – ging sie von Anfang an konsequent ihren Weg.

Sie ist die einzige in der Familie, die zu dem Provinzbiotop, das ich hier so ausführlich vor Ihnen ausbreite, auf Dauer Abstand hielt. Nicht dass sie den Kontakt zu uns irgendwann abgebrochen hätte, ich meine das mit der Distanz vor allem geographisch, denn eine wie sie gehört definitiv in ein großstädtisches Umfeld, wo sie mit meinem Lieblingsschwager und zwei Kindern als Sonderpädagogin auch lebt. Lieblingsschwager ist der Markus übrigens nicht deshalb, weil er mein einziger ist.

Herbert dagegen wohnte zum Zeitpunkt des Unglücks noch bei unserer Mutter, die mir, da hilft anscheinend alles bewusste Gegensteuern nichts, während des Erzählens dauernd abhandenkommt, zwischen den Fingern zerrinnt. Jetzt aber wird sich das vermutlich ändern, denn keine zwei Wochen nach dem folgenschweren Unfall des Bruders wurde sie mit Verdacht auf Lungenembolie ins Krankenhaus eingeliefert. Mitten in der Nacht erreichte mich ein paar Tage später aus der Intensivstation der Anruf eines Arztes, ich möge sofort kommen, es gehe zu Ende. Ich musste nachfragen, welche Intensivstation, denn ich hatte keine Ahnung, ob die Mutter oder der Bruder gemeint war.

Zu dieser Zeit waren Vater und Opa längst tot, Manuela hatte ihr Studium abgeschlossen und sich in München häuslich eingerichtet. Mutter aber zeigte mit ihren an sich lächerlichen einundsechzig Jahren frühdemente Züge, würde ich sagen, vielleicht war ihr Zustand aber auch nur die traurige Konsequenz ihres an allem konsequent Vorbeilebens.

Bei ihr zuhause stapelten sich Legionen mentaler Verwahrstücke für mich, nicht, wie bei anderen Personen der Handlung, einzelne griffige, besonders signifikante, sondern unübersehbar viele beiläufige, in erster Linie durch die schiere Masse memorierenswerte. Im Amt wären sie der Dimensionen wegen ein klarer Fall für die Speditionsauslagerung gewesen.

Dazwischen ging die Mutter langsam unter, sie verlor sich. Ich bezweifle, dass dieses Anhäufen lustbetont war. Ich hätte ihr das ehrlich gegönnt, weil ich selber nur zu genau weiß, welches Vergnügen einem Zusammengetragenes bereiten kann, auf das sich in der einen oder anderen Weise zurückgreifen lässt. Aber Wörter wie *Lust* oder *Vergnügen* sind mit dem Bild, das ich mir von meiner Mutter mache, absolut unvereinbar.

Sie sammelte zum Beispiel Kochrezepte, Unmengen von Kochrezepten. Aus bunten Frauen- und Fernsehzeitschriften, aus Kalendern, aus dem Metzgermagazin, das ihr bevorzugtes Fachgeschäft über der Grenze aufliegen hatte. Dort wiederum kaufte sie Fleisch- und Wurstwaren weit jenseits des Bedarfs, ihr Kühlschrank quoll regelmäßig über wie die Kleiderschränke, sie fror das Zeug ein, aber die Tiefkühltruhe war selbst längst rappelvoll, was abgelaufen war, warf sie kurzerhand in den Müll. Oder sie verfütterte das Zeug an ihre mittlerweile fünf Katzen.

Denn, und jetzt kommt's, denn kochen tat sie immer noch kaum. Es gab ja weiter ihre Mutter, und weil es bei ihr drüben mich nicht mehr gab, konzentrierte sich die Oma nun ganz auf die einzige, ihr selbst mit der Zeit nicht mehr ganz geheure Tochter, und eben auf den Herbert.

Der dürfte das Gott sei Dank pragmatisch gesehen haben. Wie Manuela hatte er Kindheit und Jugend halbwegs unbeschadet überstanden, so jedenfalls *mein*

Eindruck. Schule, Ausbildung, Job, Freundinnen, eine Band, die zum Tanz aufspielte, alles schien im Lot. Ein großer Bekanntenkreis, gemütliche Wirtshausrunden, aber noch kein Drandenken, der Mutter einen weiteren Abstellraum für ihren Raffzwang zur Verfügung zu stellen und von daheim wegzuziehen, wo ich es freiwillig keine fünf Minuten ausgehalten hätte. Herbert ließ sich davon nicht weiter stören, genoss die Annehmlichkeiten, versorgt zu sein, übte fleißig am Bass, baute Instrumente, bastelte Modeschmuck aus Metall. An seinem fünfundzwanzigsten Geburtstag stieß ich mit meiner Frau auf ihn an, da lag er im Koma, und die Mutter stand unmittelbar vor der Lungenembolie.

Auftritt meiner Frau. Meiner Antipodin, könnte man auf den ersten Blick meinen. Vier Mann zur Hilfestellung, hatte der Turnlehrer einst kommandiert, hebt's den Brunngraber aufs Reck! Peinlich genug, aber was dann? Vergnüglicher schon, wenn ich beim Weitspringen den Rechen in die Hand gedrückt bekam, um im Bereich des Aufsprungs den Sand zu glätten. Das war immerhin eine gestalterische Aufgabe, da ließen sich Formen hineinzaubern, zickzack, rund, schnürlgrad. Manchmal hielt ich solcherart allerdings den ganzen Betrieb auf. Der Sportlehrer, ein im Prinzip humorvoller älterer Herr ohne große Kasernenhofallüren, fragte einmal bei mir nach, ob ich mich zum Ausgleich wenigstens im Zeichenunterricht mit Kniebeugen und Armkreisen beschäftigen würde.

Und dann kommt mir ausgerechnet Edith mit ihrem ausgeprägten Körperbewusstsein in die Quere, Edith, die am liebsten in höheren Sphären schwebt, sprich: auf schwindelerregenden Routen in den Bergen herumkraxelt und den Wadeln am Morgen vor Dienstbeginn schon einmal zwanzig Mountainbikekilometer zumutet, während ich im Büro entgeistert die digitale Einladung zur achten deutschen Mountainbike-Meisterschaft der Justiz anstarre und hektisch die Löschtaste betätige. Täglich rollt Edith die Yogamatte aus, sie tanzt für ihr Leben gern, notgedrungen mit anderen Männern, und lässt mich in jeder Hinsicht alt ausschauen. Ein größerer Gegensatz ist nicht leicht vorstellbar.

Es ist, das habe ich bald gelernt, das höchste Glück, im tiefsten Unglück so einen Menschen an seiner Seite zu haben. Ich, der ich früher alles mit mir allein ausmachen musste, hatte nun jemanden, mit dem ich mich beraten konnte, der die Übersicht bewahrte und mich in jeder Hinsicht stützte. Die Last verteilte sich mit einem Mal auf mehrere Schultern.

Zum Beispiel reut es mich noch heute, dass ich meiner Mutter in der kurzen Spanne zwischen Herberts Unfall und der Embolie den dringenden Wunsch auszureden versuchte, ihr jüngstes Kind, das Nesthäkchen, auf der Intensivstation zu besuchen. Sie wirkte dabei ungewohnt entschlossen, im nachhinein neigt man zu Mystifizierungen nach dem Motto: Sie dürfte es geahnt haben.

Ich aber hatte bloß ihre Verstörung vor Augen, ihr allgemeines Überfordertsein, und wollte ihr den traurigen Anblick eines offenbar nur mit maschineller Gewalt vorübergehend am Leben Erhaltenen ersparen, einen möglichen weiteren Grund, noch rettungsloser in sich zu versinken. Sie sollte ihr Kind, das ich insgeheim verloren gab, anders in Erinnerung behalten. Gegen meine Überzeugung machte ich ihr weis, Herbert bedürfe absoluter Ruhe, damit er sich schnell erholen könne, obwohl ich selbst fast jede Minute, die mir erlaubt war, an seiner Seite verbrachte, ihn streichelte und ihm gut zuredete, doch bei uns zu bleiben. Mutter fügte sich vorläufig ein letztes Mal.

In aller Schärfe: Ganz am Schluss übernahm ausgerechnet ich, ohne es im entferntesten zu beabsichtigen und mir dessen in der Situation bewusst zu sein, zum ersten und einzigen Mal den Part der Entmündigung meiner Mutter. Gott sei Dank machte Edith mir das unaufgeregt klar, bevor es zu spät war. Denn nicht Herbert, sondern die Mutter sollte sterben. Zweimal hat sie ihren Sohn dann noch gesehen.

Es ist die erste Monologpause seit langem. Brunngraber sucht die Toilette auf. Höchstens eine halbe Stunde noch, steckt er beim Zurückkommen den Zeithorizont ab, als würde ihm sein Redemarathon langsam selbst zu viel. Er macht sich an einem Kistchen zu schaffen, das in Schulterhöhe vor den Büchern in einem Regal steht. Stört es Sie, wenn ich mir zur Abrundung eine Toscano genehmige? Kurz vor dem Zubettgehen, wenn ich die Aquarellfarben endlich Aquarellfarben sein lasse und, um runterzukommen – vorderhand nicht ins Schlafzimmer, sondern von der Anspannung –, noch ein paar Seiten beschauliche Ermüdungslektüre konsumiere, so in der Art von Stifters *Nachsommer*, erlaube ich mir zuweilen dieses Laster.

Er greift nach einer großen Streichholzschachtel, riecht im Stehen an der Zigarre. Reiner Kentucky-Tabak, sagt er, was immer dessen spezielle Vorzüge sein mögen. Meine Nase ist da nicht so wählerisch. Dann nimmt er wieder Platz, bricht sie in der Mitte auseinander, zündet die eine Hälfte an der Bruchstelle an, setzt fort.

Mein Bruder überlebte. Als es hieß, seine Lunge funktioniere wieder normal, und ich, die tödliche Erkrankung der Mutter im Kopf, darauf geradezu überschwenglich reagierte, holte mich der Arzt mit dem kryptischen Satz, die Lunge werde auf Dauer nicht das Problem sein, schnell auf den Boden der Tatsachen zurück. Ich wollte es mir lange nicht eingestehen.

Ist ich tatsächlich ein anderer? habe ich vor ein paar Stunden in bezug auf mich selbst gefragt, Sie erinnern sich. Für meinen Bruder gilt das, von außen betrachtet, mindestens so sehr. Der Mensch, der heute den Namen Herbert Brunngraber trägt, und der frühere Namensbesitzer sind eindeutig zwei paar Stiefel. Einzelne Elemente haben sich herübergerettet, das schon, und es ist kein kleines Wunder, dass er wieder so gut wie normal reden kann, herumgehen, zu Rockkonzerten fahren, bis rein nach München, wenn's sein muss. Dass er sich halbwegs zurechtfindet in der Welt, im Wirtshaus genüsslich sein Bier und seine Weißwurst vertilgt, Hobbys nachgeht, im großen und ganzen zufrieden wirkt.

Zum runden Geburtstag hat meine Frau ihn gefragt, wie er sich denn fühle mit vierzig. Also, wenn die nächsten vierzig Jahre so wunderbar werden wie die letzten, kann ich nicht klagen, hat er geantwortet und gestrahlt dabei.

Das Langzeitgedächtnis funktioniert einigermaßen, sein Kurzzeitgedächtnis dagegen scheint eine einzige Ruine zu sein. Es kann ohne weiters passieren, dass er dir mit fünf Minuten Abstand dieselbe Geschichte zweimal erzählt. Ich kann damit nur schlecht umgehen. Und welche Geschichten das oft sind! Sagen wir so: Sein Gehirn arbeitet ziemlich unorthodox.

Zweiundzwanzig Tiere hat er gerettet, habe ich aus seinem Mund sicherlich schon zweihundertzwanzigmal gehört. Der Tierschutzverein wolle ihn deshalb sogar zum Ehrenpräsidenten ernennen. Und an einen Fernsehauftritt sei ebenfalls gedacht.

Wenn man sich darauf einlässt und nachfragt, folgt wie das Amen im Gebet die Schildkrötenheldentat. Herbert ist zum manischen Fotografen geworden, streift auf Motivsuche viel durch Wald und Flur. Einmal ist er im Frühherbst auf eine wohl entkommene oder ausgesetzte Landschildkröte getroffen, die er zunächst mit nach Hause nahm, dann aber doch im Tierheim abgab. Die hätte den Winter im Freien nie überlebt, meint er, und das wird schon stimmen.

Bohrt man nach den einundzwanzig restlichen Viechern, geht er nicht darauf ein und wechselt abrupt das Thema. Es ist, muss ich ehrlich sagen, fast immer Edith, die meint, wir sollten ihn endlich wieder besuchen. Einmal im Jahr verbringt er ein paar für mich sehr anstrengende Tage bei uns. Interessant, dass unser Sohn, er war knapp zwei, wie der frühere Herbert in seine jetzige Befindlichkeit überführt wurde, dass Leopold als Kind einen ausgesprochen guten Draht zu seinem Onkel hatte, der stundenlang mit ihm spielte und dabei fast immer gute Laune verströmte.

Ich halte es für einen Segen, dass er damals fast hundert Kilometer von hier auf Reha geschickt wurde, die bei ihm auch außergewöhnlich lange dauerte. Seine Rückkehr als anderes, lebenslang pflegebedürftiges Wesen hing als Damoklesschwert über mir, wir ließen die so plötzlich menschenleer gewordene Elternwohnung vorläufig weitgehend unangetastet, nur die Lebensmittelvorräte für eine ganze Kompanie wurden konsequent abgebaut, wo es ging, durch Verzehr, der Rest durch Vernichtung.

Herbert aber fühlte sich in seiner neuen Umgebung

bestens aufgehoben, wollte unter keinen Umständen mehr weg von dort, wechselte von der Reha in ein nahes Heim und schließlich in eine betreute Kleinwohnung, wo er erstaunlich gut zurechtkommt. Der amtlich hundertprozentig Behinderte arbeitet auch wieder, freilich in einer geschützten Werkstätte. Manuela und Edith leben mir eine Selbstverständlichkeit im Umgang mit ihm vor, die ich nicht schaffe, beim besten Willen nicht. Ich habe große Hochachtung vor ihm, vor seiner stets positiven Ausstrahlung, mag ihn wahnsinnig gern und scheue ihn gleichzeitig.

Brunngraber schweigt kurz, produziert stattdessen etliche Rauchkringel. Ich komme da aus meiner Beobachterrolle nicht und nicht heraus, aus meinem trotzigen Hoffen gegen alle Hoffnung, ihm müsse der extreme Gewitterguss, als ich ihn mit dem Auto abholte, oder der gemeinsame Friedhofbesuch vom Vortag doch präsent sein, zumindest aufrufbar. Was mich daran hindert, ihn einfach zu nehmen, wie er jetzt ist, ich weiß es nicht. Es dürfte jedenfalls mindestens so viel mit mir zu tun haben wie mit ihm.

Für meine Großmutter bedeutete der doppelte Schicksalsschlag eine gewaltige Zäsur. Sie war zwar an Jahresringen schon einigermaßen alt damals, jetzt wurde sie es tatsächlich, und zwar rapide. Gleichzeitig verlor sich ihre Dominanz, ihre Ruppigkeit, zugespitzt formuliert ließe sich mutmaßen, die Königin hatte keine Untertanen mehr in ihrem Reich, damit auch keine Aufgabe, die sie fit hielt, die unausgesprochenen Machtverhältnisse hatten sich entscheidend verschoben.

Jahre zuvor hatten Edith und ich nach dem Tod ihres Vaters ihr Elternhaus ausgebaut, das vor der Stadt liegt, von Feldern umgeben, durch die sich das Gewerbegebiet langsam auf uns zufrisst, Sie werden es im Dunklen nicht bemerkt haben beim Herkommen.

Es gab den kleinen Leopold, und meine Großmutter hieß für ihn der Einfachheit halber tatsächlich Oma, was gar nicht so verkehrt war. Die blasse wirkliche Oma väterlicherseits hatte sich, als er sprechen lernte, bereits verabschiedet, und meine Ersatzmutter stand für das Kind darum auf einer Stufe mit Ediths echter, die im alten Teil des Hauses mit uns unter einem Dach lebte, worauf ich mich im übrigen nur einlassen konnte, weil sie, ihrer Tochter ähnlich, so gar nichts Aufdringliches, Auftrumpfendes, Platzhirschiges an sich hatte.

An den meisten Wochenenden holten wir meine Großmutter-Mutter-Gattin, Ediths De-facto-Schwiegermutter für ein paar Stunden zu uns. Dazwischen gab es praktisch täglich einen kurzen, ritualisierten Telefonkontakt, und zwar, wenn ich Dienst hatte, vom Büro aus, sie rief Schlag acht an bei mir. Für den Rest ihrer Tage blieb ich ihre Hauptbezugsperson, nur begann sie nun, auf mich zu hören. Mein Urteil, meine Vorschläge wurden ihr wichtig.

Sie hatte immer ungesund gelebt, fette Braten, Ripperl, Speck, Sülze, Knödel, deftige Mehlspeisen zeichneten in ihren Augen die Kochkünste einer guten Hausfrau aus. Ob Sie es glauben oder nicht, ich hatte schon einmal an die zwanzig Kilo mehr und sitze jetzt, wie Sie sich überzeugen können, keineswegs als Hungerkünstler vor Ihnen.

Seit ich denken kann, war die Oma stark übergewichtig, in ihren im Sommer aus dem ärmellosen Schürzenkleid hervorquellenden nackten Fleischbergoberarmen hätte Leopolds dunkelblonder Kinderkopf mit Leichtigkeit Platz gefunden. Schon seit vielen Jahren litt sie an Zucker und Bluthochdruck, das Insulin spritzte sie sich ungeniert vor mir und meiner Familie in den ebenfalls überdimensionierten, käseweißen Oberschenkel.

Zum Ritual ihrer Anrufe bei mir im Justizzentrum gehörten jetzt die aktuellen Zucker- und Blutdruckwerte. Sie wollte gelobt werden dafür, dass sie sich zumeist im Rahmen hielten, und ich traue ihr zu, dass sie etwas nachhalf, wenn dem nicht so war. Danach offenbarte sie mir, was bei ihr auf dem Diätspeiseplan stand. Über das Verhältnis von Dichtung und Wahrheit möchte ich auch da nicht spekulieren. Ich beschrieb ihr im Gegenzug zumeist ein originelles Asservat oder beruhigte sie, dass Leopolds hartnäckiger Husten bereits im Abklingen war.

Die Großmutter von früher hätte mir, auch wenn

sie es gut gebrauchen hätte können, das Ding nachgeschmissen, die der letzten paar Jahre nahm den von mir ohne Absprache für sie besorgten neumodischen Rollator nicht nur hin und an, sondern verwendete ihn auch brav, um wenigstens minimal mobil zu bleiben, in der Nähe eine Freundin besuchen oder kleine Einkäufe besorgen zu können. Ihre Beine, vor allem die Knie, wehrten sich nämlich mehr und mehr dagegen, den Körperkoloss zu stemmen.

Ein letztes Mal führte mir ein ganzes Set an unerwarteten, aufeinander bezogenen Überführungsstükken vor Augen, wie weit Omas langer Kraftarm in ihren besten Tagen gereicht haben musste. Jedenfalls legte ich mir das so zurecht.

Wir lösten die Wohnung der Eltern auf. Die wenigen Bücher meines Vaters fielen gegenüber den Zeugnissen der stillen mütterlichen Sammelwut dabei kaum ins Gewicht. Unter ihnen fanden sich allerdings drei Bildbände und ein Reiseführer über Australien. Ich erinnerte mich, dass er sich etwa zehn Jahre vor seinem Tod zu Weihnachten Bücher über Australien gewünscht hatte. Das hatte sich offenbar herumgesprochen, und wir haben damals bloß gelacht über so viel Down under unter dem Christbaum. Keiner aber hat ihn, glaube ich, gefragt, wieso er auf diese Idee gekommen war.

Denn zu meinen Lebzeiten ist der Vater kaum über Ober- und Niederbayern hinausgekommen, kein Italienurlaub, keine Städtereise nach Paris oder London, nach Hamburg oder Westberlin schon gar nicht. Im Bayerischen Wald hatten wir einmal im Beisein seiner vertriebenen Mutter von einem Aussichtsturm zu den bösen Tschechen hinübergeschaut, das kam mir wie eine Weltreise vor. Gut, ins nahe Österreich gleich vor der Haustür hat er gelegentlich auch seinen Fuß gesetzt. Und auf einmal Australien! Mit Austria wird er's ja wohl nicht verwechselt haben.

Hat er vielleicht erwogen, dachte ich mir zwanzig Jahre später, als wir den Container vor dem Mietshaus gerade mit Mutters kompletten *Frau im Spiegel*- und *Neue Post*-Jahrgängen befüllten, selbstverständlich ohne die ausgeschnittenen Kochrezepte, die schon extra entsorgt waren, hat er vielleicht gar erwogen, mit Mann und Maus und Sack und Pack ans andere Ende der Welt zu ziehen, neu anzufangen dort, wo die Schwiegermutter satte fünfzehntausend Kilometer entfernt gewesen wäre? Geworden ist jedenfalls nichts daraus, nie hat er in meiner Gegenwart auch nur die leiseste Andeutung gemacht, vielleicht hat er meine Mutter eingeweiht, aber die wird ihn nicht gerade ermuntert haben, bin ich überzeugt.

Sehen Sie, jetzt muss ich meine Aussage zu den väterlichen Verwahrstücken in meinem Kopfarchiv ein weiteres Mal revidieren. Nach dem Siegelring und der Flascheninstallation in der Garage sind, den neuesten Erkenntnissen entsprechend, die Australienbücher mit Stand heute, zweiundzwanzig Uhr einundvierzig die zeitlich letzten Gegenstände, um die bisher zusammengetragenen Indizien zu erhärten.

Brunngraber hat verstohlen auf die Uhr geschaut, die Brauen hochgezogen und dabei ein weiteres Mal kaum merklich den Kopf geschüttelt. Zu Vaters Mutter, eigentlich zu meinem Nichtverhältnis ihr gegenüber, muss ich der Ordnung halber an dieser Stelle auch noch ein paar abschließende Worte ergänzen.

Zeitlebens litt ich an einer für Sie inzwischen wohl nachvollziehbaren Großmutterüberdosis, an der die Vateroma keinen Anteil hatte. Ganz im Gegenteil. Die ging ja auch auf ihre Kosten. Obwohl sie halbwegs in der Nähe lebte, beschränkte sich unser Kontakt auf die berühmten heiligen Zeiten, hohe Festtage also, und eine wirklich persönliche Beziehung hat sich nie entwickelt zwischen uns.

Wir waren ihr nicht egal, sie nahm sich nur völlig zurück, und ich hatte, siehe Überdosis, weder Kraft noch Lust, etwas zu ändern daran. Nicht einmal, als ihr Sohn sich umbrachte. Da schon gar nicht. Manuela sieht das für sich übrigens genauso. Heute bedauern wir das. Beide Großmütter überlebten unsere Eltern um mehrere Jahre. Am Sterbebett der Vateroma saß ich vor allem aus schlechtem Gewissen.

Bei der anderen, meinem Muttterersatz, war es ein wahrer Gefühlscocktail. Als sich auf der schiefen Ebene des Verfalls eine Behandlung im Krankenhaus als unumgänglich erwies, wehrte sie sich anfangs mit einem letzten Aufflackern ihrer resoluten Massivität. Der Doktor redete auf sie ein wie auf ein krankes Ross, aber was wissen schon die Ärzte. Und auch mir fuhr sie wie in alten Zeiten über den Mund.

Alleine konnte sie phasenweise seit ein paar Tagen nicht einmal mehr aufstehen, zumeist saß sie apathisch im Ohrensessel, den ich ihr einst geschenkt hatte und auf dem ich jetzt vor Ihnen sitze. Sie wollte nichts mehr essen, kaum etwas trinken. Eine Nachbarin kümmerte sich um sie, wenn wir nicht da sein konnten, aber das war natürlich keine Dauerlösung. Ich überlegte mit Edith lange, wie ich es anstellen sollte, sie zur Vernunft zu bringen. Weißt du, wir machen uns ja nicht aus Jux und Tollerei Sorgen um dich, fing ich dann an. Zuhause bleiben kannst du nur, wenn du dazu fähig bist. Zeig mir doch bitte einfach, dass du ohne fremde Hilfe hinaus aufs Klo gehen kannst. Sie strengte sich an, kam aber nicht aus dem Sessel hoch. Siehst du, und damit das wieder funktioniert, musst du eine Woche oder zwei ins Krankenhaus. Ich glaubte selbst nicht, was ich da sagte.

Ihre Selbsteinschätzung dagegen ließ ab dem Moment, als sie im Rollstuhl ins Zimmer zweihundertdreizehn geschoben wurde, auf einmal an Klarsicht und Eindeutigkeit nichts zu wünschen übrig: Do herin stirb i iaz.

Wenn die Zigarre geraucht ist, schließen wir, hm?

schlägt Brunngraber vor und bemüht sich sichtlich um einen leichteren Ton. Er hält sie vor sich hin und witzelt: Mein höchst privates Zeiterfassungsmanagement, analog, transparent, und riechen tut es auch vortrefflich, für mich zumindest.

Jetzt aber mal im Ernst, sagte die Berufsberaterin. In Deutsch haben Sie immer gute Noten gehabt, wie ich sehe. Da ließe sich vielleicht im mittleren nichttechnischen Verwaltungsdienst was machen, wenn Sie sich richtig ins Zeug legen und die Auswahlprüfung schaffen. Ich hatte nicht die geringste Ahnung, wovon sie da sprach, und es interessierte mich in diesem Moment null. Ihr gegenüber hockte zerknirscht eine eben wieder zurechtgestutzte leider vorhandene Niete, die bis vor einer Minute unbedingt Schauspieler werden wollte. Mutter und Großmutter jedoch horchten auf.

Ich kürze ab: Ich tat, wie mir geheißen. Ohne große Überzeugung, aber mit dem verzweifelten Ehrgeiz, mich auf diese Weise endlich ein Stück weit befreien zu wollen. Gerade noch die Kurve zu kriegen in ein selbstbestimmtes, unverpfuschtes Leben, von mir aus eben zweigleisig, hie unumgänglicher Brotberuf, da Neigungen.

Und siehe da: Der Plan, der eigentlich keiner war, ging auf wie ein Hefeteig. Die Bayerische Justizschule stellte kein unüberwindliches Hindernis dar, die Laufbahnprüfung beim Oberlandesgericht in München ließ sich bestehen, und mich ereilte kurz darauf tatsächlich die ersehnte Mitteilung, mit sofortiger Wirkung an die hiesige Staatsanwaltschaft versetzt zu sein. Über den Rang eines Justizverwaltungsinspektors werde ich zwar nicht hinauskommen können als Versager außer Dienst. Aber das kratzt mich nicht.

Was *schon* tief drinnen steckt in mir, ist das Bedürfnis, nicht bloß als mickriger Bürohengst wahrgenommen zu werden. Ich habe Ihnen das beim Mittagessen schon auseinandergesetzt. Ich habe das Privileg, in meinem Brotberuf nicht unglücklich zu sein und Energie genug zu besitzen, daneben all das zu machen, wozu ich Lust und – heute getraue ich mich das zu sagen – wohl auch einiges Talent habe.

Was ich noch gar nicht richtig erwähnte, fast fünfzehn Jahre hindurch habe ich neben meinen anderen Inbeschlaggenommenheiten bei einer ambitionierten Laientheatergruppe mitgemacht, als Darsteller zunächst, mehr und mehr dann als Regisseur und Bühnenbildner. In Schnitzlers brillantem Einakter *Die Gefährtin* übernahm ich daneben die winzige Nebenrolle des Professor Brand, Edith, die damals neu zu uns gestoßen war, spielte die Olga Merholm. So lernten wir uns kennen, obwohl wir uns auf der Bühne selbst gar nicht begegneten, denn ich war schon abgereist, als sie auftrat.

Die in einem Schreibtischfach archivierten Überführungsstücke dieses kleinen Meisterwerks sind ein Bündel Briefe der jüngst unerwartet Verstorbenen, ein

Bündel Briefe, das keiner öffnet, dem aber hintereinander höchst unterschiedliche Inhalte nachgesagt werden, mit den jeweiligen, durchaus überraschenden Konsequenzen für die Figurenkonstellation. Ein spannender analytischer Text also, diese Schnitzlersche *Gefährtin*, die, wie sich am Ende herausstellt, keinem eine solche war. Analytisch-poetisch.

Gefährtin, ganz ohne *Lebens-* davor, weil das schon so abgelutscht klingt, *Gefährtin* ist übrigens ein wunderbares Wort für eine Frau wie meine Frau, und ich bin sehr gern ihr Gefährte in allen Fährnissen und sonst natürlich auch, immer noch.

Es hat nicht gleich gefunkt. Oder ich hab's nicht gleich gemerkt, mir erlaubt, es zu merken. Zur Zeit einer späteren Produktion, in der Intensivprobenphase vor der Premiere, spaziere ich einmal am Wochenende gedankenversunken durch die Stadt und komme zufällig beim Gartencafé vorbei. Edith ruft mich, ich schau' mich um, entdecke sie, steuere zu auf sie, stelle mich hinter den weißen Stuhl ihr gegenüber, halte ihn und mich an ihm fest, begrüße sie und will etwas unverbindlich Launiges sagen, da trifft mich ihr Lächeln und der unvergessliche Satz: Kaum sieht man ihn mal einen Tag nicht, fehlt er einem schon. Eine Wucht in der dritten Person, und geschehen war's um mich.

Brunngraber hält die fast leere Weinflasche in die Höhe, prüft, wieviel er getrunken hat. Schenkt sich nicht mehr nach, stellt sie wieder ab. Einer, der so gestrickt ist wie ich, sagt er dann, kann narzisstische Züge schwerlich abstreiten, wahrscheinlich Kompensation. Edith ist dagegen die beste Medizin. Sie bedient sie einfach nicht, sorgt für ordentlich Bodenhaftung. Aber sie ist auch nicht eifersüchtig auf den Dachboden, freut sich über viele meiner Bilder, hört sich geduldig neu einstudierte Texte an, belächelt milde meine umfangreiche Plakatsammlung zu Oskar Brunngraber und andere Zeugnisse meiner, ja, doch, meiner mir durchaus wohlgefälligen Selbstbezogenheit. Weniger vertrauten Außenstehenden mag es manchmal so vorkommen, als würden wir nebeneinander her leben. Völlig falsch.

Nein, keine Angst, ich mache jetzt nicht auch noch diese Kiste auf, das gibt die Zigarre nicht mehr her. Nur so viel: Ihr Beruf – Bankkauffrau, ausgerechnet Bankkauffrau. Und Leopold studiert mit Begeisterung Mathematik und Physik, mein Fleisch und Blut Mathematik und Physik! Die Beziehung stimmt, Edith und ich dürfen Edith und Oskar sein, miteinander, jeder für sich, nur, für mich gilt nach wie vor die Einschränkung, dass ich immer noch nicht ganz dahinter gekommen bin, wer das wirklich ist. Das macht aber letzten Endes nichts, nein, das macht nichts, bin ich halt mehrere.

Womit der Kreis sich endlich geschlossen hätte, denke ich. Brunngraber dämpft aus, was von der

Zigarre übriggeblieben ist. Ich sage immer, mein Vater sei verunglückt. Das ist nicht als Schönfärberei seines Selbstmords gedacht. Vielmehr hat er sich ja erst umgebracht, nachdem er längst ver-unglückt, irreparabel unglücklich geworden ist. Sein Sohn dagegen, ihm ist es mit mehr oder weniger Eigenanteil auf Umwegen widerfahren zu ver-glücken. Denn mehr, als ich habe, kann und will ich nicht verlangen vom Leben. Ich sage immer: Jede Nacht ins Bett gegangen, jeden Morgen wieder aufgestanden. Wunderbar.

V

Wem erzähle ich das alles und wozu überhaupt? entfährt es Brunngraber, und seine Frau schrickt aus dem Schlaf. Er dreht sich auf die andere Seite, räuspert sich, zieht die Decke höher.

Die Arbeit an diesem Buch wurde durch ein Projektstipendium der Republik Österreich gefördert.

Der Autor verwendet mit Ausnahme der neuen ss/ß-Regelung die bis 1996 gültige Rechtschreibung.

Bibliografische Information
der Deutschen Nationalbibliothek

Die Deutsche Nationalbibliothek verzeichnet diese Publikation in der Deutschen Nationalbibliografie; detaillierte bibliografische Daten sind im Internet über http://dnb.d-nb.de abrufbar.

www.wallstein-verlag.de
Vom Verlag gesetzt aus der Garamond
Umschlaggestaltung: Susanne Gerhards, Düsseldorf
unter Verwendung eines Fotos von Oliver Freudenthaler
Druck und Verarbeitung: Pustet, Regensburg
ISBN 978-3-8353-1876-2